AF468996

REMARQUES CRITIQUES

Sur la Bibliotheque générale des Ecrivains de l'Ordre de St. Benoît ; par un Bénédictin de la Congrégation de St. Vannes. 2 vol. *in-4to.* imprimés à Bouillon en 1777. *Adressées aux Rédacteurs de l'*Esprit des Journaux, *& insérées dans ce Journal, mois d'Octobre 1778.*

L'Annonce faite dans votre journal de juillet dernier, Messieurs, de la *Bibliotheque des Ecrivains de l'Ordre de St. Benoît*, m'a déterminé à entreprendre la lecture de cet ouvrage. Je viens de le parcourir la plume à la main, & ce premier examen a produit les Observations que je vous envoie. Vous vous appercevrez aisément, Messieurs, qu'elles ne sont dictées par aucune envie de nuire, mais plutôt par le desir de contribuer à la perfection d'un Livre dont la seule entreprise suppose du courage & des lumieres. L'auteur paroît aimer la vérité ; il ne sauroit donc être offensé de la publicité que je donne à mes Observations, dans l'impuissance où je suis de les lui adresser directement, n'ayant point l'avantage de le connoître.

ADÉMAR *de Chabanois.* » Il a écrit une Chro-
» nique depuis l'origine de notre Monarchie

» jusqu'à l'an 1029 «. Une indication aussi vague n'instruit pas suffisamment les Lecteurs. On devoit dire que la Chronique d'*Ademar* a été publiée, presque toute entiere, dans le Tome IIe. de la *Nova Biblioth. Mss.* de Labbe; que Dom Bouquet en a donné une partie dans le Tome VIII. de son Recueil des Historiens de France, & qu'enfin nous en avons un Abrégé fait par le Feuillant *Guillebaud* (plus connu sous le nom de *Pierre de S. Romuald*) & imprimé à Paris en 1652, in-8vo. avec une continuation. Notre Bibliographe, à l'article *Guillebaud*, cite lui-même cet Abrégé; mais dans l'énoncé du titre, il y a une faute choquante d'impression, *Engolis mendis*, en deux mots, au lieu d'*Engolismensis*.

ALBÉRIC *de Trois-Fontaines*. » M. Dupin » croit que sa Chronique n'est que manuscri- » te; d'autres assurent qu'elle a été imprimée » à Hanover en 1698 «. Pourquoi laisser le Lecteur dans une pareille incertitude? Il est certain que Leibnitz a publié cette Chronique dans les *Accessiones historicæ* en 1698, in-4to. Au reste, il faut bien distinguer la Chronique d'Albéric de Trois-Fontaines, laquelle est amenée jusqu'à 1241, d'avec celle d'un autre *Albéric*, Moine du Mont-Cassin. Celle-ci, que l'on a souvent citée sous le nom de l'Anonyme du Mont-Cassin, commence à l'an 1000 & finit à 1154. Elle a été publiée avec trois autres Chroniques par Antoine *Caracciolo* à Naples en 1626, & dans le Tome V des *Rerum Italicarum Scriptores* de Muratori. Sous l'article de cet

Albéric du Mont-Caffin, notre Bibliographe ne parle pas de fa Chronique; & fous l'article du Cardinal *Albéric*, il dit celui-ci auteur de plufieurs Ouvrages, entr'autres d'une Vie de St. Dominique; il falloit dire d'une Vie de St. Dominique *de Sorano*, & avertir qu'elle a été imprimée dans les *Acta SS. Bened. Sæculo VI. Part. I*, ainfi que par les Bollandiftes, dans leur Tome II. de Janvier. Le Cardinal *Albéric* mourut en 1088.

ALBERT *de Staden.* » Il a compofé une Chro- » nique depuis le commencement du monde » jufqu'à l'an 1250 ou 1256, *auquel tems* il » vivoit encore. « Oui affurément, il vivoit encore en 1256, puifqu'il ne mourut qu'en 1260. Sa Chronique, d'abord publiée à Hemlf tad en 1587, in-4to., reparut dans l'*Hiftoria rerum Friderici III. Imperatoris*, d'Enéas Sylvius, à Strasbourg en 1685.

ALGER *de Cluny*. Son Traité contre Béren-ger eft encore imprimé dans la Bibliotheque des Peres : celui *de Mifericordiâ & Juftitiâ*, dont Mabillon n'a donné que la Préface, fe trouve dans le Ve. Tome des Anecdotes de Martenne; enfin Pez, dans le IVe. Tome de fes Anecdotes, a publié un Traité *de Libero Arbitrio* du même Alger, Traité dont on ne dit rien ici.

ALULFE, *Moine de St. Martin de Tournay.* Notre Bibliographe affure que fon Commentaire fur l'Ancien & le Nouveau Teftament, intitulé *Gregorialis*, a été publié en 1705 parmi les Ouvrages de St. Grégoire; ce qui n'eft point du tout exact. 1°. Le Commentaire d'Alulfe fur le Nouv. Teſtament eſt le ſeul qui ait été imprimé. 2°. L'Editeur Ste. Marthe l'a donné ſous le nom de *Paterius*, ainſi que celui ſur l'Ancien Teſtament, le ſeul qui ſoit de ce *Paterius.*

AMÉDÉE, *Evêque de Lauſanne.* Il n'eſt point ſûr que les huit Homélies ſur la Vierge, imprimées ſous ſon nom, ſoient plutôt de lui que d'un Franciſcain Portugais nommé auſſi Amédée, & mort en 1482 : au moins Pierre de Alva, en reproduiſant ces Homélies dans le Ier. Tome de ſa *Bibliotheca Virginalis*, laiſſe-t-il le fait très-douteux. Il eſt vrai que ce Pierre de Alva étoit auſſi Franciſcain.

ANTOINE *de Caulincurte.* » Religieux de Corbie, ſurnommé le *Chronographe* de cette Abbaye, vivoit & écrivoit dans le XVIIe. ſiecle. « C'eſt évidemment le même que CALANCOURT, *Antoine*, de la page 166, où l'on dit qu'il vivoit dans le ſiecle ſuivant. J'appréhende fort que ces deux articles n'en vaillent pas un bon, & voici mes raiſons. S'il faut s'en rapporter à la Bibliotheque Hiſtorique de la France, Tom. III, pag. 313, on conſerve à St. Germain-des-Prés, à Paris, un Manuſcrit intitulé *Chronicon Corbeienſe a Joanne de* CAULINCOURT, *Monacho hujus Monaſterii, ab anno 662 ad annum 1529*, in-folio. Ce *Jean de Caulincourt*, Religieux de St. Germain dans le XVIe. ſiecle, eſt, ſelon toute apparence, le prétendu Antoine *de Caulincurte* ou *Calancourt*, Religieux de Corbie, auteur d'une Chronique de ce Monaſtere.

BERARDI, *Jean.* » D'Achery a donné place » à sa Chronique dans le Spicilége. « D'Achery n'a publié que les *trois derniers Livres* de cette Chronique, qui n'est toute entiere que dans les *Rerum Italicarum Scriptores* de Muratori, Tom. II. Part. 2. Duchêne & Ughelli en avoient donné les deux premiers Livres, sans nommer l'auteur; le premier dans le Tome III. de son Recueil des Historiens de France, le second dans l'*Italia Sacra*, Tom. X. édit. de 1722. Dans le corps de cet article, corrigez la faute d'impression, IIe. siecle, lisez XIIe.

CALOGERA. » Il a fait un *Journal Littéraire* » dont, en 1746, il y avoit déja 36 volu- » mes. « La compilation donnée par Calogera, ou plutôt *Calogiera*, n'est pas, à proprement parler, un *Journal Littéraire*, mais un recueil d'Opuscules de différens Ecrivains sur la Critique, l'Histoire, la Philologie, les Sciences exactes, &c. réunis par Calogera. Ce Camaldule a donné deux Recueils de cette espece; le Ier. intitulé *Raccolta d'Opuscoli Scientifici e Filologici*, en 51 volumes in-12. imprimés à Venise, de 1728 à 1757; le second, sous le titre de *Nova Raccolta*, &c. est en 14 vol. in-12. imprimés de 1755 à 1766, année de la mort de ce laborieux Compilateur.

CHASTEL, *Anselme du*; Célestin d'*Ambrette*, lisez d'*Ambert*, & observez que ses Sentences de la Bible parurent à Paris, chez Mamert Patisson en 1577, in-4to. Sous l'article *Gervaise*, autre Célestin, notre Bibliographe ne dit plus *Ambrette*, mais *Embrette*; l'un ne vaut pas mieux que l'autre : il faut lire *Ambert*, vrai nom d'une maiſon de Céleſtins dans la forêt d'Orléans, laquelle a produit pluſieurs Ecrivains.

CIREY, *Jean de*. Notre Bibliographe attribue *ſix* Ouvrages à cet Abbé de Cîteaux ; » le Ier. » eſt une Hiſtoire des Saints de ſon Ordre qui » fut imprimée à Dijon en 1491 ; le IIe. un » Recueil des Privileges accordés *au même Au-* » *teur* par les Papes, les Rois, &c. « Je ne ſais ce que c'eſt que l'Hiſtoire imprimée à Dijon en 1491. Mais je ſuis ſûr que Jean de Cirey fit imprimer dans la même ville & dans la même année un in-4to. que j'ai vu, ſous ce titre : *Collectanea quorumdam Privilegiorum* ORDINIS CISTERCIENSIS, où l'on voit qu'il ne s'agit pas de Privileges accordés perſonnellement à *Cirey*, mais à l'Ordre dont il étoit Général. A la fin de ce volume qui eſt rare, on lit des vers de Conrad *Léontorius*, Secrétaire de Cirey, ſur lequel j'aurai occaſion de revenir.

COSTADONI. Sous l'article de ce Camaldule, on n'indique pas pluſieurs de ſes Diſſertations publiées dans le *Raccolta d'Opuſcoli*, &c. de ſon confrere *Calogiera* ; mais un oubli plus étonnant encore eſt celui des *Annales Camaldulenſes* en 12 volumes in-folio, compoſées par *Coſtadoni* en ſociété avec ſon confrere Jean-Benoît *Mittarelli*. A l'article de ce dernier, on ne dit rien non plus de ces grandes Annales, imprimées à Veniſe, de 1755 à 1773.

DACRYEN, Abbé *dans le VIIIe. Siecle*. » Ce » nom appellatif ſignifie *Pleureur*, & il a été » pris par un Abbé de l'Ordre de St. Benoît

» *dans le VIIIe. Siecle.* « Rien de plus vrai que *Dacryen* est un surnom ; mais, quoi qu'en aient cru Possevin & Margarin de la Bigne, tout le monde sait aujourd'hui, que ce surnom est un masque du fameux Louis *Blosius*, Abbé de Liesse ou *Liessies*, Diocese de Liege, mort en 1566, dont Jacques Frojus, son disciple, a écrit la Vie & publié les Ouvrages. A l'article de ce Louis Blosius, notre Bibliographe se contente de dire que la Vie de cet Abbé est en tête de *ses Ouvrages*, sans en spécifier aucun, & sans dire que c'est lui qui a pris le surnom *Dacryen.* Un Chartreux nommé Jacques Morice a traduit en François deux Ouvrages mystiques de *Blosius ;* cette traduction imprimée à Paris en 1585, in-16., est à la Bibliotheque du Roi. La derniere édition des Œuvres de Blosius parut à Ingolstad en 1726, in-folio. Il me semble que ce détail étoit du ressort d'une Bibliotheque des Ecrivains de l'Ordre de St. Benoît.

Défenseur, *Moine de Ligugé.* Fabricius en a donné un article curieux dans sa Bibliotheque latine du moyen âge, Tom. I. pag. 19, Edit. in-4to. Il faut y ajouter celui de Dom Liron, tom. I. pag. 288 & suiv. de ses *Aménités de la Critique.* Outre les Editions des *Scintillæ* citées par Fabricius, j'ai vu celle de Cologne, Pierre Horst, 1583, in-12. Mabillon avoit donc grand tort de regarder comme anecdote une compilation aussi souvent imprimée avant lui. Observez néanmoins avec Fabricius, que le chapitre 35 des *Scintillæ* qui traite *de Doctoribus*, manque dans les Editions ordinaires, & qu'il a été publié par Nic. *Staphorstius*. Dans ce seul article de *Défenseur*, je trouve deux fautes d'impression, *Passevin* pour *Possevin*; *1659*, pour *1559*.

Forster, *abbé de S. Emmeran de Ratisbonne*. » Il *va* nous *donner* une savante Edition » d'Alcuin dont *on attend* l'impression «. Cette édition a paru il y a déja du tems; elle a été annoncée avec les éloges qu'elle mérite dans les principaux journaux; les grandes Bibliotheques se sont empressées de l'acquérir; & en 1778, vous écrivez que *l'on en attend* la publication?

Geroch *de l'ordre de Cîteaux*. Il n'en fut jamais; c'est une méprise de Dom de Visch, adoptée fort légérement. *Geroch* ou *Gerhohus*, Chanoine Régulier en Baviere, mort en 1169, est le véritable auteur de ce Traité contre les Simoniaques, dédié à S. Bernard, & que Martenne a publié dans le Tome V. col. 1457 & suiv. de ses Anecdotes. Consultez sur la personne & les ouvrages de ce Chanoine Régulier *Gerhohus*, la Bibliotheque latine du moyen âge de Fabricius. Pez, dans le Ve. volume de son *Thesaurus Anecdotorum*, a donné le grand commentaire du même Gerhohus sur les Pseaumes.

Geson, *Ier. Abbé de S. Martien de Tortone*. Il falloit dire Abbé *de S. Pierre & de* S. Martien. Son Traité *de Corpore & Sanguine Christi* n'a pas été *donné tout entier* par Muratori, puisque cet Editeur en a omis plusieurs chapitres.

Gibon, *Raven*. Outre son exposition en vers François du Pseaume 95, la Croix du

Maine nous apprend que ce Bénédictin fit imprimer au Mans, chez Jerôme Olivier, en 1568, un livret, en prose & en vers, sous le titre d'*Estrennes*. Le même la Croix ajoute que *Gibon*, Parisien, mourut âgé de plus de 60 ans, sous le regne de Charles IX. Dans cet article on lit *6e.* siecle au lieu de *16e.*

GILDAS. Au lieu de puiser cet article, ainsi que tant d'autres, dans Moréri, cette source si féconde en bévues de toutes especes, l'auteur auroit mieux fait d'ouvrir la Bibliotheque du moyen âge de Fabricius ; il y auroit vu dans quel Couvent d'Angleterre vivoit ce *Gildas*, & il auroit parlé plus pertinemment de deux autres Ecrivains du même nom.

GILLEBERT, *Abbé de Sunserin.* Il est très-vrai que Mabillon *a fait imprimer* ses Sermons sur le Cantique des Cantiques ; mais bien avant Mabillon, ces mêmes Sermons avoient paru à Florence en 1485, in-4to. & à Strasbourg en 1497, in-folio; la 1ere. de ces deux Editions est fort rare ; il y en a un Exemplaire dans la Bibliotheque Casanate, à Rome.

GILON, *Evêque de Frescati.* Il ne suffisoit pas de relever l'erreur du Moréri, qui lui attribue le *Carolinus* : il falloit encore observer que ce Poëme latin en vers héxametres est d'un Gilles (*Ægidius*) de Paris, & que Duchêne en a publié quelques fragmens des 4e. & 5e. livres dans le Tome V. de son Recueil des Historiens de France.

GINANNI. » Il travailloit en 1731 à la Bi-
» bliotheque des Ecrivains de Ravenne «. Cet

ouvrage parut en 1769 à Faenza en deux volumes in-4to. ſous ce titre : *Mémorie Storico-critiche degli Scrittori Ravennati.*

Gislingham, » Moine de Cantorbéry vers » l'an 1390, écrivit l'hiſtoire des hommes illuſ- » tres de ſon ordre, & y ajouta même l'atten- » tion d'en *faire graver* l'effigie. « 1°. On ne nous dit point de quel *Ordre* ce Giſlingham étoit Moine, ce qui jette dans une grande incertitude. 2°. Ce ſeroit aſſurément un morceau curieux que des portraits *gravés* en l'an 1390. Auſſi Fabricius dit-il plus ſenſément que Giſlingham fit peindre ou deſſiner ces portraits ; & il ajoute que Voſſius attribue un autre ouvrage à ce même Moine. Je n'ai pas ſous la main la Bibliotheque de Tannerus qui doit èclaircir cette conjecture de Voſſius.

Gonthier, *Moine de S. Amand.* On lui attribue ici le Poëme intitulé *Ligurinus*, & l'on ajoute que la Monnoye diſtingue l'auteur de ce Poëme d'avec Gonthier de S. Amand ; mais que *ce ſentiment lui eſt ſingulier.* Pas ſi ſingulier ! En effet, quoique Oudin, Fabricius & d'autres attribuent le Poëme en queſtion au Moine de S. Amand, d'autres Littérateurs penſent avec la Monnoye, que ce Poëme eſt d'un autre *Gonthier*, qu'ils diſent Allemand ; ce qui eſt aſſez vraiſemblable. Voyez la Préface de M. *Joannis*, miſe à la tête de ce même Poëme, dans l'Edition qu'il a donnée en 1726 du Recueil des Hiſtoriens Allemands de J. Reuber.

Gordon, *André.* Aux ouvrages de ce Bénédictin Ecoſſois, cités par notre Bibliothécaire, il faut ajouter ses *Philosophiæ experimentalis Elementa*, 2 vol. in-8vo. imprimés à Erfort en 1751 & 1753, le dernier par les soins de son confrere *Bern. Grant.*

GOSWIN *de Mayence.* Il falloit dire que Goswin vivoit en 1137, & que sa Relation des Miracles de S. Auré a paru dans les *Acta Sanctorum* des Bollandistes, Tom. III de Juin.

GRATIEN. » Son Décret fut imprimé *pour la* » *premiere fois* à Mayence en 1472 «. Fausseté; l'Edition de Mayence 1472 n'est que la seconde. La premiere est de Strasbourg, chez Henri Eggestein en 1471, in-folio, grand format, dont il y a des Exemplaires à Strasbourg dans la Bibliotheque de la Commanderie, & à la Cathédrale de Mayence.

GRÉGOIRE, *Moine de Farfe.* Sa Chronique de Farfe a été publiée par Muratori avec des notes dans le Tome IIe. Part. II. des *Rerum Italic. Scriptores.*

GRILLO, *Ange*, Pag. 423, & GRILLUS, *Ange*, pag. 428, sont un seul & même Ecrivain dont on a doublé mal-à-propos l'article. C'est ainsi que dans une même page (429) on donne deux fois l'article de *Gualteri* & de *Gualterus*, Paul-André.

GUAIFERIUS. Ses Vies de S. Secondin & du Pape S. Luce ont été publiées par les Bollandistes dans leurs *Acta*, Tome IIe. de Février, & Tom. Ier. de Mars.

GUALBERT *de S. Amand.* Il écrivoit, vers l'an *1125*, la vie de Ste. Rictrude, morte *en 1687.* Corrigez cette faute de chiffres, aussi-bien que celle de l'article GUALDON ; Religieux de Corbie du *XIe. siècle*, que l'on fait vivre *en 1550*.

GUARIN, *Pierre*. Le 3e. & le 4e. volumes de son Ouvrage ont été publiés dès 1746, & on les annonce, en 1777, comme *devant paroître!* Je sens que c'est Dom le Cerf qui a fait commettre cette méprise ; mais le Cerf qui écrivoit en 1726, n'a pas eu tort ; au lieu que son Copiste pouvoit se mettre à l'abri d'une pareille faute, en ouvrant le premier Bibliographe postérieur à l'année 1746.

GUETRACHT, est » Auteur d'un Ouvrage in-» 8vo. écrit en Allemand, publié à Saltzbourg » en 1713 ». Et quel est cet Ouvrage ? de quelle matiere y traite-t-on ? C'est ce qu'il falloit dire.

GUIBERT, *Abbé de Gemblours*. » Il paroît » qu'il florissoit vers l'an 1167, & qu'il a com-» posé *quelques Ouvrages* «. Toujours des indications vagues qui n'apprennent rien ! Guibert mourut en 1208. Lambecius a publié sa *Destructio seu Combustio Monasterii Gemblacensis quæ facta est anno 1137*, dans le Tom. II. de son Catalogue des Mss. de l'Empereur, & Mabillon a reproduit cette Piece dans ses *Acta SS. Benedict. Sæc. V*.

GUICCIARDINI étoit Abbé de S. Eusebe de Rome *en 1700*. Cette date est probablement fautive, puisque le *Mercurius Campanus* de Guicciardini parut à Naples dès 1667.

GUILLEVILLE. Son Roman des trois Pélérinages traduit en prose françoise par Jean-Gallope ou Gallopez, Clerc du Diocese d'Angers, fut imprimé à Lyon chez Matth. Huss, dès 1485, in-4to. J'observerai, par occasion, que, selon presque tous les Bibliographes, Guilleville écrivoit son Roman en 1310; Or il paroît qu'il faudr plutôt ou dire 1330, le Poëte racontant lui-même qu'il vit son songe *l'an mil III-c x par trois fois*. Reste cependant à savoir si ces mots *par trois fois* ne tombent pas plutôt sur le songe vu trois fois par l'Auteur, que sur le nombre dix qu'il faudroit tripler. Pour éclaircir mon doute, il suffiroit de lire avec attention le Roman que je n'ai pas en ce moment sous la main.

GUNDULPHE, *Evêque de Rochester.* » Il a laissé » un *Exemplaire* de la Bible écrit de sa main, » *qui a été imprimé* en 1734 à Amsterdam, dans » l'*augmentation* publique de la Bibliotheque de » Herman Vander-Vall. « Un Exemplaire de la Bible, *écrit* de la main de Gundulphe, *imprimé* en 1734 *dans une augmentation* publique! Quel est le mot de cette énigme? Je crois l'avoir deviné. Un Manuscrit de la Bible de la main de Gundulphe, fut vendu en 1734; & ce Manuscrit faisoit partie d'une Bibliotheque dont le catalogue parut en cette année-là. C'est ce Manuscrit que notre Bibliographe a voulu annoncer.

GUYOT *de Provins.* » On a donné à sa satyre » le nom de *Bible*, parce qu'elle ne contient » que des vérités. Le véritable nom de l'au» teur étoit *Hugues de Bersy*; on l'appella Guyot » de Provins par sobriquet «. 1°. Le mot *Bible*, ne veut pas dire autre chose que *livre*; ainsi la *Bible Guyot* est le *livre de Guyot*; la raison que le Bibliographe donne de l'application du titre *Bible* à la satyre de Guyot est très-mauvaise ; puisqu'elle est détruite par la même qualification donnée à d'autres ouvrages qui, loin de *ne contenir que des vérités*, renferment bien des mensonges. 2°. Quoique Pasquier, & bien d'autres après lui, ayent confondu Guyot de Provins avec Hugues de Bersy, ce sont évidemment deux hommes très-différens. Comme la satyre de *Hugues* étoit à la suite de celle de *Guyot* dans quelques Manuscrits, on a cru que c'étoit un seul & même ouvrage d'un seul & unique auteur. Guyot de Provins paroît avoir été Moine à Cluny ; au contraire Hugues de Bersy est qualifié Chevalier ; dans quelques manuscrits sa satyre est nommée la Bible du *Seigneur de Berzy* ; Fauchet parle de deux chansons qu'il fit pour sa maîtresse. Ces deux Poëtes satyriques, dont les noms & les qualités n'ont aucun rapport, doivent donc être bien distingués. Ils m'en rappellent un troisieme qui devoit aussi trouver place dans notre Bibliotheque ; c'est *Hugues* ou *Huon de Méry*, Religieux de S. Germain-des-Prés au commencement du XIIIe. siecle, & Auteur du *Tournoyement* ou *Tournoi de l'Ante-Christ.* Fauchet en donne la Notice.

HANAPUS. Son article est trop singulier pour que je ne le transcrive pas ici tout entier : » *Dom* Nicolas Hanapus, Religieux *Bénédictin* » *en Allemagne*, *a fait imprimer à* Wirtzbourg » *en 1744*, un ouvrage en un volume in-4to. » qui a pour titre, *Exempla Biblica in materias*

» *morales diſtributa* «. Quand on voit de pareilles mépriſes dans un ouvrage de la nature de celui-ci, on a beſoin d'un ſens froid peu ordinaire, pour ſe contenir. Heureuſement cette diſpoſition d'eſprit ne me manque pas; je dirai donc tout ſimplement que *Dom Hanape, Bénédictin Allemand du 18e. ſiecle*, eſt une chimere. L'Ouvrage réimprimé en 1744, eſt celui d'un *Jacobin François*, nommé Nicolas *Hanapus* ou *Hanapis*, qui mourut Patriarche de Jeruſalem *en 1291*. Ses *Exempla Scripturæ* ont ſouvent été imprimés dès le XVe. ſiecle. Voyez *Fabricii Biblioth. lat. med. ætat.* Tom. III, pag. 187, édit. in-4to. Il y a plus, ce livre du Jacobin Hanape, a été traduit en françois par Antoine Tyron, dont la verſion fut imprimée à Anvers dès 1569, in-8vo.

HANTEVILL, *Jean.* » On ne nous dit point » en quel endroit ni en quel tems ſes Ouvra» ges ont été imprimés «. Si notre Bibliographe eût ouvert la Bibliotheque de Fabricius (que je viens de citer) au mot *Joannes Hautivillenſis*, il auroit vu que le Poëme de ce Bénédictin du XIIe. ſiecle, intitulé, *Architſenius* (& non pas *Archiſtrene*, comme il l'écrit deux fois) parut à Paris en 1517, in-4to., par les ſoins de Joſſe Badius, édition très-rare qui eſt à la Bibliotheque du Roi, Y. n°. 1949. On en cite encore d'autres éditions. Il ne falloit pas dire qu'outre l'*Architſenius*, nous avons du même Auteur un TRAITÉ, mais un *Poëme* intitulé *de rebus occultis*. Dans ce même article, au-lieu de *Pitheus*, liſez *Pitſeus*.

HEBERT, *Moine de Haute-Seille, Jean.* » Il a » composé le Roman des sept JUGES; il est *en-* » *core* auteur d'un ouvrage *de Rege & septem Sa-* » *pientibus*, qu'il adressa à Bertram, Evêque de » Metz en 1180 «. Il y a là plus d'une méprise; 1°. le Roman des sept *Sages* (& non pas *Juges*) est le même ouvrage, pour le fond, que l'*Historia septem Sapientum.* 2°. *Hebert* ou *Hebers* est tout différent du Moine Jean de Haute-Seille. Celui-ci ayant composé en latin son *Historia septem Sapientum*, Hebers, qui prend la qualité de Clerc, mit cette histoire en vers françois, & intitula son livre *Dolopathos* ou *Roman des sept Sages.* Depuis, on fit une traduction en prose françoise de ce Poëme françois. L'ouvrage latin de *Jean* parut imprimé à Anvers par Gérard Leeu en 1490, in-4to. & la traduction françoise en prose, à Geneve dès 1492, in-folio. Les Extraits de *Dolopathos* donnés par du Verdier d'après Fauchet, ne laissent aucun doute sur la distinction à faire entre le Moine *Jean* & *Hebers* son traducteur françois. L'Abbaye de Haute-Seille, Ordre de Cîteaux, est située dans le Diocese de ~~Montauban~~. Toul.

HELINAN. Cet article est bien fait; néanmoins si on le compare avec ceux de la Croix du Maine (*Bibl. Franc.* Tom. I, pag. 361, Edition in-4to.) & de Fabricius, (*Biblioth. lat. med. ætat.* lib. 8.) on verra qu'il pouvoit être plus exact. Fabricius distingue, (d'après Tissier & de Visch.) *Helinand* de Froidmond d'avec *Helinand* de Perseigne; & c'est à celui-ci qu'il donne un Commentaire sur l'Apocalypse. Il y a à la Bibliotheque du Roi deux Exemplaires de l'Edition donnée en 1594 par Ant. Loisel des vers d'*Helinand* sur la Mort, l'un desquels est enrichi d'additions & de notes de la main de M. Imbert de Cangé.

JUVENAL, *Guy*. Son article est très-maigre; il falloit dire que ce Moine étoit Manceau, & qu'en françois il se nommoit *Jouvenneaux*; il falloit citer ses Ouvrages de littérature, entr'autres son Commentaire sur Térence, &c. Si le Bibliographe veut s'assurer de l'imperfection de cet article, il peut lire celui qu'a donné Dom Liron dans le Tome III. pag. 41 & suiv. de ses *Singularités historiques & littéraires*.

LABOUREUR, *Claude le*. Ses ouvrages sont exactement indiqués, mais il me semble que l'on pouvoit citer les critiques qui en furent faites dans le tems. On pouvoit encore observer que Claude étoit *Oncle* ou plutôt *Cousin* des deux freres, *Jean* & *Louis* le Laboureur, l'un qui s'est fait un nom immortel par ses travaux sur notre histoire; l'autre, Bailli de Montmorency, connu par quelques Poésies françoises. Il existe à Paris un petit-neveu de l'Abbé le Laboureur, chez lequel j'ai vu le portrait original de cet Ecrivain si redouté des faux Nobles de son tems, ainsi que plusieurs de ses Compilations historiques, généalogiques, &c.

LEONBERG, *Conrad*. Autre article fort maigre: on devoit au moins y dire que Conrad se nommoit en latin *Leontorius*, & y indiquer ses principaux Ouvrages. Cette tâche étoit d'autant plus aisée, qu'il suffisoit pour la remplir, d'abréger l'article curieux qu'a donné Prosper Marchand, Tom. I. pag. 206 de son Dictionnaire historique. J'avertirai par occasion, que Marchand, dans la remarque G de cet article, ne sait ce que c'est que l'*Arcta Vallis prope Basileam*, où mourut Leontorius. Si ce Critique avoit vu un livret assez rare du Jacobin George *Epp*, intitulé, *de illustribus Viris Ordinis Prædicatorum*, publié in-4to. sans nom de Ville ni d'Imprimeur, par les soins de notre Conrad Leontorius, il auroit appris que c'étoit un Couvent de Religieuses de l'Ordre de Cîteaux. En effet la lettre de Leontorius au lecteur qui est en tête de ce livre que j'ai vu à Ste. Génevieve (E. n°. 2188.) est datée *ex Arcta valle Ordinis Cisterciensis Virginum Monasterio ultra Basileanam Byrsam iij Nonas Aprilis M. D. VI.*

LUSCINIUS, *Ottomar*. C'est à tort qu'on le fait Bénédictin de S. Ulric d'Augsbourg; ce qui l'a fait croire à le Long & à Légipont, suivis aveuglément par notre Bibliographe, c'est que Luscinius, invité par l'Abbé de S. Ulric, alla y expliquer les Pseaumes aux Religieux de cette Abbaye. Mais la preuve qu'il n'étoit pas Bénédictin, c'est qu'après avoir prêché à Augsbourg & à Bâle, il retourna à Strasbourg, sa patrie, où il eut un Canonicat dans l'Eglise de St. Etienne. Il se nommoit en latin *Luscinius*, traduction de son nom *Nachtgal*. Notre Bibliographe ne cite ici que ses Allégories des Pseaumes, *ouvrage écrit en langue allemande*. Les Allégories ont été imprimées *en latin*, en 1524, à Augsbourg, in-8vo., & en 1551 à Paris, avec celles de Godefroi Tileman, deux Editions qui sont à la Bibliotheque du roi, (A. n°. 1170, & 1374). Outre ces Allégories, Luſcinius a compoſé pluſieurs autres Ecrits; c'eſt lui qui publia avec des additions de ſa façon la *Summa Roſella de caſibus conſcientiæ*, du Cordelier Baptiſte Trovamala, imprimée à Strasbourg en 1516, in-folio, où il ſe nomme *Ottomarus N....* (Nachtgal) *Argentinus*. Luſcinius eſt encore auteur d'un petit livret in-8vo. intitulé *Grunnius Sophiſta ſive Pelagus humanæ miſeriæ*. Dans l'Epitre dédicatoire, datée de Strasbourg le 1er. Mars 1522, il ſe dit Chanoine de St. Etienne de cette Ville, & à la fin du volume, il réimprime l'ancienne facétie, intitulée *M. Grunnii Corocoetæ Porcelli Teſtamentum*, mais avec des interpolations & des fourrures de ſa façon, qui l'ont fait blâmer par Jean-Alexandre Braſſican, autre Editeur de la même facétie. Mais l'Ouvrage de Luſcinius le plus répandu eſt ſon Recueil de Contes, intitulé *Joci & Sales*, & imprimés pour la 1ere. fois à Augsbourg en 1524, in-8vo. Ces Contes, parmi leſquels il y en a de fort licentieux, forment une nouvelle preuve que l'Auteur n'étoit pas Bénédictin d'Augsbourg. Un Religieux auroit-il oſé publier des ordures dans la Ville même qu'il habitoit? S'il eût eu cette imprudence, ſes Confreres ne l'en auroient-ils pas empêché?

MAILLARD, *Nicolas*. » Ce Céleſtin a traduit un livre de Méditations ſur les Evangiles » compoſées par Franciotti, *Chanoine Régulier*. « Céſar Franciotti, Lucquois, mort en 1627, connu par un très-grand nombre d'ouvrages mystiques, n'étoit pas *Chanoine*, mais *Clerc-Régulier* de la Congrégation de la Mere de Dieu. Ses Méditations sur les Evangiles, écrites en Italien, ont souvent été imprimées; il y en a à la Bibliotheque du Roi une Edition de Venise, 1648, en 7 volumes in-12.

Mainerius, *Abbé de S. Victor de Marseille.* » On a de lui un célebre Statut touchant la » conservation des livres de son Monastere. « Ce Statut a-t-il été imprimé? Où & quand l'a-t-il été? C'est ce qu'il falloit dire. Je ne me rappelle pas avoir vu cette piece dans la collection de *Maderus* & de Schmid sur les Bibliotheques.

Malermi, *Nicolas.* » Sa traduction Italienne » de la Bible parut à Venise en 1471, in-fol. » & ses Vies des Saints en la même année, » in-4to. « 1°. Comme en l'année 1471 il parut deux traductions Italiennes de la Bible, il falloit dire que celle de Malermi fut imprimée en 1471 *le 1er. Août*, pour la distinguer de celle du *1er. Octobre*, que les bons Critiques disent n'être pas de ce Camaldule. 2°. Je ne connois point d'édition de ses Vies des Saints faite à Venise *en 1471*, *in-4to*. La plus ancienne est celle de Venise, chez Nicolas Jenson, *in-folio*, & elle ne peut pas être plus ancienne que 1474, puisqu'elle porte à la fin, *Pietro Mozenico Duce de Venetia*, & que ce Mocenigo n'occupa le Dogat qu'en cette année. Dans cette 1ere. édition le traducteur est nommé *Manerbi*. On peut voir sur la Vie & les Ouvrages de ce Camaldule le Tome VII. pag. 286 des Annales des PP. Mittarelli & Costadoni, qui ne nous apprennent pourtant pas la date de sa mort, & qui se contentent de dire qu'en 1481 il vivoit encore à l'âge de 59 ans.

MALLET, *Charles*. Cet article commence par une réflexion tout au moins extraordinaire; la voici : » On sait que les Feuillants sont une Ré» forme assez singuliere, faite dans l'Ordre de » Cîteaux, par un Franciscain qui leur a ap» pris à aller nuds pieds. «

MANGEART, *Thomas*. » *Il a publié le Médail-* » *ler de Lorraine* en un volume in-folio. « 1°. L'ouvrage de Mangeart ne traite pas des *Médailles* ou du *Médailler de Lorraine ;* il est intitulé *Introduction à la science des Médailles*, & il y est question de la connoissance des Médailles Grecques, Romaines, &c. 2°. Cette introduction fut imprimée en 1774 ; or l'auteur étoit mort dès 1762 ; par conséquent ce n'est pas lui-même qui *l'a publié*.

MARC de Bresse. On ne nous dit pas ici si les Ouvrages de ce Bénédictin ont été imprimés ; il est probable que non, au moins pour les Poésies Latines, dont le Cardinal Quirini ne parle point dans son livre *de Brixianâ Litteraturâ*.

OLIVIER, *Jean*. » Il a publié un Poëme en » vers héroïques imprimé à Reims en 1618. « On devoit dire que ce Poëme *latin*, intitulé *Pandora*, fut imprimé à Lyon dès 1541 in-4to. qu'il y en a deux traductions Françoises, &c. Voyez l'article *Jean Olivier*, dans la Bibliotheque de la Croix du Maine, Tom. I. pag. 563, de la derniere Edition.

PIERRE *de Vaux-Sernay.* Son histoire des Albigeois a été traduite en François, non par *Arnould de Forbin*, comme on le dit ici, mais par *Arnaud Sorbin*, Evêque de Nevers. A l'égard de l'original latin, il a été souvent imprimé, notamment dans la *Bibliotheca Cisterciensis* de Teiffier, & dans le Ve. volume du Recueil des Historiens de France de Duchêne; mais ces différentes Editions présentent l'Ouvrage mutilé; ce fait est prouvé dans le Catalogue des Mss. de M. de Cambis qui en possédoit un de cette Histoire latine.

PONCET, *Maurice.* Si notre Bibliographe eût consulté les Bibliotheques Françoises de la Croix du Maine & de du Verdier, son article de Poncet vaudroit mieux, & son énumération des Ouvrages de ce Bénédictin seroit plus exacte. Dans la Bibliotheque historique de la France, Tom. 2, pag. 277, N°. 18362, on conjecture que le *Chevalier Poncet*, sous le nom de qui parut en 1576 l'*Antipharmaque*, est le même Maurice Poncet, que l'on dit Bénédictin de S. Pierre de *Moulins*, au lieu de *Melun.* On ne sauroit croire combien les noms propres, ainsi défigurés, déconcertent le lecteur Je viens de citer la Bibliotheque de la Croix du Maine. Eh bien! dans la note sur l'art. Maurice Poncet, l'éditeur indique l'Histoire de Melun par *Remillard*, au lieu d'écrire *Rouillard.*

PRAELISAVER, *Columba*, mort en 1752. » Il » étoit Bibliothécaire *fameux* de l'abbaye de Rote

» en Dalmatie ; & a laissé en ce genre *des*
» *choses merveilleuses.* « Et qu'est-ce que ces *choses merveilleuses* ? De quel *genre* sont-elles ? J'avoue que ce *fameux* Bibliothécaire m'est parfaitement inconnu ; assurément ce que l'auteur en dit ne me tirera pas de l'ignorance où je suis à cet égard.

PUYHERBAULT, *Gabriël.* Autre article à rectifier d'après les Bibliotheques de la Croix du Maine & de du Verdier. Cet auteur, nommé en latin *Putherbeus*, mourut subitement, prêt à dire la messe. Il y a beaucoup à rabattre des éloges que le Jésuite Nicquet lui donne, en le nommant *Lumiere de l'Eglise*, *Colonne de la Foi*, *Ciceron de la France*. (Voy. l'*Histoire de Fontevrauld*, Paris, 1642 in-4to.); ce n'étoit pourtant pas un Ecrivain sans mérite.

ROBERT *de Cîteaux.* C'est l'auteur d'un Commentaire fort prolixe sur les Distiques attribués à Caton. On cite ici une édition de ce Commentaire faite à Paris en 1495, in-4to. Il y en a eu plusieurs autres avant & après celle-là. Fabricius les indique dans sa Bibliotheque du moyen âge, Tom. VI. pag. 96 & 97. On y voit que Robert a bien été surnommé *de Euromodio* ou *de Eudemodio*, mais non pas de *Caremodio*, & qu'il étoit Religieux à Clairvaux. Ce Commentaire de Robert porte dans plusieurs Editions le titre *Cato moralisatus* & *Cato moralissimus.* Il y en a une traduction Françoise en prose, imprimée plus d'une fois durant le XVe. siecle & au commencement du XVIe. Naudé, pag. 633 & suiv. de son Mascurat, s'étend beaucoup sur les Distiques de Caton &

ſur leurs Commentateurs. Je ne me rappelle pas s'il y donne quelque détail ſur la perſonne & les Ouvrages du Moine Robert.

Roswite. » Les Ouvrages de cette Religieuſe » Allemande ont été donnés au public en 1505 » à *Nuremberg*, par le ſoins de Conrard Celles. « Il y a là *trois* fautes qu'il faut ſans doute attribuer à l'Imprimeur. Liſez donc, les Poéſies de Roswite parurent en 1501 à *Nuremberg*, par les ſoins du ſavant Conr. *Celtès*, de format petit in-folio. J'ai vu à Ste. Genevieve un Exemplaire de cette Iere. Edition qui eſt très-rare. Polycarpe Lyſer s'eſt ſuffiſamment étendu ſur les Poéſies de Roswite, pag. 287 de ſon *Hiſtoria Poetarum medii ævi.*

Je ſupprime, Meſſieurs, mes Remarques ſur différens autres articles, parce que ma Lettre eſt déja d'une longueur exceſſive, & que je dois la terminer par des Obſervations générales ſur l'ouvrage.

I. La Nomenclature de cette Bibliothéque eſt on ne peut pas plus mal diſtribuée. L'Auteur n'y obſerve pas aſſez exactement l'ordre alphabétique. On y trouve le mot *Mara* après *Margarini*; les mots *Mathieu & Matthieu* (c'eſt le même nom) y ſont ſéparés. D'autres articles ſont tranſpoſés, tels que ceux des deux *Cartier*, pag. 179 du Tome 1er. (*) En outre, notre

(*) *Gal Cartier* eſt auteur d'une *Theologia univerſalis*, imprimée à Augsbourg, en 1757, 5 volumes in-4to. qu'il faut ajouter à la liſte de ſes Ouvrages.

Bibliographe range les auteurs tantôt par leur nom de Baptême, tantôt par leur nom de famille ou celui de leur patrie ; ce qui (indépendamment de la bizarrerie d'un pareil ordre) porte à croire que des Auteurs dont il a fait mention, sont oubliés dans son livre. Dom *Cajot*, par exemple, & Dom *Carl* devroient être placés naturellement au C, comme *Mabillon* & *Martenne* à l'M. Point du tout : parce que D. Cajot se nomme *Joseph*, il faut aller chercher son article sous l'*J.* ; dom *Carl* se trouve à l'R, parce que son nom de baptême est *Rupert.* Combien d'autres exemples de semblables déplacemens je pourrois donner ici ! Je me borne à ceux des deux freres Charles & Jean *Phernand.* L'Auteur juge à propos, je ne sais pourquoi, de les nommer *Ferdinand Ferrand* ou *Phernand ;* & par cette raison, il les place au mot *Ferdinand*, où l'on ne s'avisera pas d'aller les chercher. A cette occasion, j'observe que ces deux articles auroient été plus intéressans, si avant de les rédiger, on eût ouvert la Bibliotheque latine du moyen âge de Fabricius, Tom. I. pag. 352, & Tom. IV. pag. 74, Edit. in-4to. *Charles*, l'aîné des deux *Phernands*, quoiqu'aveugle dès l'enfance, se rendit fort habile dans les Lettres : après avoir enseigné avec honneur à Paris, il se fit Bénédictin à S. Vincent du Mans, où il mourut en 1496. Naudé (*Addit. à l'Hist. de Louis XI.* pag. 25) fait un grand éloge de ce Religieux, dont les Lettres Latines publiées à Paris par Josse Badius, in-4to. sans date, sont à la Bibliotheque du Roi, Z. N°. 1969 A. A l'égard de *Jean* ſon frere, c'eſt à tort que notre Bibliographe lui attribue la Vie de S. Sulpice publiée par Mabillon & les Bollandiſtes. Cette Vie eſt l'Ouvrage d'un Ecrivain contemporain de S. Sulpice; & Jean Phernand y a ſeulement ajouté des Notes curieuſes, *Apices ad illuſtrationem vitæ. Labbe* fait une mention honorable de Jean *Phernand* dans ſa *Nova Biblioth. Mſſ. Librorum*, Tom. II. pag. 40 & 41.

II. Les Articles n'ont aucune proportion entr'eux. Les uns ſont d'une longueur démeſurée, tels que ceux de Mabillon, de Martin (Jacques) de Martenne, de Montfaucon, & en général des Ecrivains de la Congrégation de S. Maur, qui ſont copiés dans le livre très-diffus de Dom Taſſin; les autres ſont d'un laconiſme, d'une briéveté inſupportables; on n'y trouve ni la Vie ni les Ouvrages des Ecrivains, & le Bibliothécaire ſe contente de renvoyer à des Bibliographes peu connus ou qui ſe trouvent difficilement. Répondra-t-il qu'il a cru devoir s'étendre ſur les Auteurs les plus célebres, & ſe reſſerrer ſur les autres, en meſurant, pour ainſi dire, la longueur de ſes articles ſur le mérite des Perſonnages? Cette réponſe ne ſeroit pas ſatisfaiſante, puiſqu'il eſt très-vrai que des Ecrivains réellement célebres n'ont que des Articles fort courts, par comparaiſon avec ceux d'autres Ecrivains d'une réputation médiocre. Aſſurément Dom *Calmet* eſt un des Auteurs les plus renommés de l'Ordre de St. Benoît; néanmoins ſon Article eſt expédié en une page

& demie ; tandis que des Ecrivains obscurs fournissent trois ou quatre pages d'éloges, souvent très-peu justifiés.

III. En général, les Bibliographes des Ordres Religieux sont fort sujets à prodiguer & à exagérer les éloges : leurs Confreres sont presque toujours des Saints ou des Savans du premier ordre ; notre Bibliothécaire s'est laissé aller au torrent ; ses éloges sont quelquefois outrés ; l'épithete de *grand homme* en particulier lui est très-familiere ; *Adrien Pliemel*, *Æmilien Pirck*, *Ainard* ou *Einard*, *Agnellus*, *Alphane*, *Gabriel Lyebheit*, *Simon de Maillé* &c. &c. sont autant de *grands hommes* de sa création. Il qualifie *Molitor* de S. Gal, un de ces *hommes rares dignes d'avoir place au temple de mémoire*. Un Article de cette espece plus remarquable encore que les autres est celui de *Diemude*, Religieuse de Wessobrun dans le XIe. siecle, qui, s'il en falloit croire notre Auteur, fut *un prodige de littérature*. Et qu'a produit ce *prodige ?* Des lettres à une de ses amies. Il est vrai qu'elle a copié de sa main un grand nombre de livres dont on trouve ici la liste : mais pour avoir transcrit des Manuscrits, est-on un *prodige de littérature ?* Heureusement ces exagérations n'en imposent à personne.

IV. On a vu précédemment que notre Auteur donnoit gratuitement à son Ordre des Ecrivains qui n'en furent jamais, tels que *Geroch*, Chanoine Régulier ; *Hanape*, Jacobin ; *Luscinius*, Chanoine Séculier, & autres : en revanche il passe sous silence bien des Auteurs qui appartiennent réellement à cet Ordre; comme AFFAROSI, *Camille*, Moine du Mont-Cassini; BASILE, *Théophile*, Célestin Italien; BARTHELEMI, *Nicolas*, Prieur de Bonnes-Nouvelles à Orléans; CAFFIAUX, *Philippe-Joseph*, de la Congr. de S. Maur, (mort subitement en Décembre dernier.) CHAUDON, *Louis*, connu par plusieurs Ouvrages indiqués dans le *Supplément à la France Littéraire*, entr'autres par son *Dictionnaire Historique*, dont la derniere Edition est en six volumes in-8vo. &c. &c. Il seroit très-facile d'en citer plusieurs autres qui avoient un droit incontestable à une place dans cette Bibliotheque; sans parler de ceux qui, comme *Agnellus*, Abbé de Blancherne, & *Nouvelet*, (Claude-Estienne) n'ont peut-être jamais été Bénédictins! De plus, combien d'Ouvrages oubliés sous les Articles de leurs Auteurs! Je n'en citerai qu'un exemple bien frappant; celui de *Martin* GERBERT, dont on n'indique que le Livre *de Cantu & Musicâ Sacrâ*, tandis que ce docte Abbé de S. Blaise en a publié 18 ou 20 autres très-connus.

V. J'ai déja eu occasion de rapporter plusieurs exemples de noms propres estropiés, & défigurés au point d'être méconnoissables; j'ai relevé bien des dates fausses ou mal énoncées, plus d'un titre de livres rendu si énigmatiquement qu'à peine peut-on les deviner.... Noms estropiés: *Foppius* pour *Toppius*, Tom. I. pag. 395; *Funderus* pour *Sanderus*, pag. 396; *Galopin* pour *Calepin*, pag. 429; *Monipot*, deux fois, pour *Mopinot*, Tom. II. pag. 249; *Calla-*

gora pour *Calogiera* pag. 293, &c. &c. Fausses Dates ; elles sont innombrables : Bartolocci né sur la fin du *XVIe.* siecle ; lisez du *XVe.* Je trouve (pag. 438 du Tom. I.) La Collection des Conciles des PERES DE L'ABBÉ COSSARD, pour les Conciles *des PP. Labbe & Cossart*, &c. &c. Mais je finis dans la crainte de fatiguer le Lecteur par une liste ennuyeuse de fautes de cette espece. Ne croyez pas au reste, MM. que je les attribue toutes à l'Auteur; ce seroit de ma part une injustice qu'il seroit fondé à me reprocher. Il paroît que, ne pouvant corriger lui-même les épreuves de son Livre, il a confié ce soin à des personnes tout-à-fait incapables d'un travail qui demande de l'attention & des connoissances peu communes.

J'ai l'honneur d'être, &c.

*L'Abbé de St. L***.*

P. S. En citant les Articles trop diffus de cette Bibliotheque, j'ai oublié d'indiquer celui du Bénédictin *Romain* HAI, qui est, en outre, fort remarquable par les épithetes injurieuses dont l'Auteur a le courage d'accabler les Jésuites qui n'existent plus. Notre Bibliothécaire a-t-il prétendu égayer son Lecteur par l'Historiette du Novice Jésuite qui, dans un enlevement de Religieuses, *Suo amplexu adeo fortiter circa ubera illas strinxit, ut illarum una ex inde decubuerit?* Il me semble qu'un pareil trait est au moins déplacé dans l'Histoire des Ecrivains de l'Ordre de St. Benoît.

Paris, 27 Août 1778.

Nouvelles Remarques Critiques sur les deux premiers Volumes de la Bibliotheque générale des Ecrivains de l'Ordre de S. Benoît.

L'Accueil que l'on a bien voulu faire à mes premieres Remarques insérées dans le Journal du mois d'Octobre dernier, m'a encouragé à relire la *Bibliotheque des Ecrivains de l'Ordre de S. Benoît*, & cette seconde lecture a produit une multitude de nouvelles Remarques. J'en supprime ici plusieurs; celles que l'on va lire suffisant, avec les premieres, pour apprécier équitablement un Ouvrage qui paroît avoir été composé avec précipitation, & auquel on n'a apporté ni le tems ni les soins nécessaires pour le rendre aussi utile qu'il pouvoit l'être.

L'Auteur de cette Compilation ne m'est plus inconnu; c'est Dom *Jean* FRANÇOIS, Bénédictin de la Congrégation de St. Vannes, Auteur d'une *Histoire de Metz*, d'un *Dictionnaire Roman Wallon, Celtique & Tudesque*, & qui médite encore d'autres Ouvrages. C'est ce que nous apprenons dans sa Bibliotheque, Tom. I. pag. 342 & 343, où il a un article » ajouté par les Editeurs, » la modestie de Dom François ne lui ayant pas » permis de se nommer lui-même. « Ce n'est donc plus un Livre anonyme sur lequel je me permets des Observations; c'est un Livre dont l'Auteur, *Associé à plusieurs Académies*, sembleroit devoir retenir la plume d'un homme qui n'a l'honneur d'être membre d'aucune Compagnie Littéraire, s'il n'étoit rassuré par la *modestie* de Dom *François*, & par l'amour sincere pour la vérité, qu'il fait paroître en plus d'un endroit de son Ouvrage. D'ailleurs cet Académicien n'ignore pas que plus un Ecrivain a de titres recommandables, & plus auſſi il importe que ſes mépriſes ſoient connues : je me flatte donc que Dom *François* lira ſans peine ces nouvelles Remarques, & c'eſt dans cette confiance que je les publie.

ADALHARD, *Abbé de Corbie.* » Il étoit ſavant » & a laiſſé *divers Ouvrages.* « Ne voilà-t-il par le Lecteur bien inſtruit ? Si notre Bibliographe ne jugeoit pas à propos d'indiquer ces Ouvrages d'*Adalhard*, au moins pouvoit-il renvoyer à l'*Hiſtoire Littéraire de la France*, Tom. IV. pag. 487, où ils ſont cités. Il pouvoit encore avertir que Paſcaſe Radbert, diſciple d'Adalhard, avoit écrit ſa vie qui a été publiée par Surius, Sirmond, Mabillon, &c.

ADAMAN, *Abbé de Hy.* » Il s'eſt fait connoî- » tre par deux Ouvrages, l'un qui contient une » deſcription des Lieux ſaints de la Paleſtine, » & l'autre pour fixer le tems de la célébra- » tion de la Fête de Pâques. Il a écrit auſſi la » Vie de S. Colomban, *Abbé de Luxeuil.* « 1°. Il falloit avertir que le premier Ouvrage d'*Adaman* avoit été imprimé pluſieurs fois ; on en peut voir les différentes Editions indiquées dans la Bibliotheque Latine du moyen âge de Fabricius, Tom. I. pag. 6, Edit. in-4to. 2°. Rien de moins certain qu'Adaman ſoit l'Auteur du ſecond Ouvrage qu'on lui attribue : tel eſt au moins le ſentiment de Fabricius. 3°. Ce n'eſt pas S. Colomban, *Abbé de Luxeuil*, dont Adaman a écrit la Vie, mais un autre *Columba* ou *Colomban*, Abbé en Irlande, mort dans l'Iſle de Hy en 597, avant l'Abbé de Luxeuil, qui ne mourut qu'en 615.

ADELBERON *d'Hirſauge.* Cet Article eſt fort court, & peut-être valoit-il mieux le ſupprimer, puiſque l'on ne connoît aucun Ouvrage d'Adelberon. Il eſt vrai que ſous l'Article JEAN,

Moine de S. Alban de Mayence, (pag. 528); on nous apprend qu'Adelberon fut Ecolâtre de cette Abbaye. Mais étoit-ce un titre suffisant pour lui donner place parmi les *Ecrivains* de l'Ordre? On ajoute qu'il devint Abbé de *S. Ferrace;* puis, qu'il étoit Abbé de *S. Furice de Blerdenstad.* Corrigez ces fautes.

ADELHELME, *Evêque de Seez* dans le IXe. siecle. Pourquoi ne dit-on pas un mot de la Vie de Ste. Opportune écrite par cet Evêque? Elle a été imprimée par Surius, par Mabillon, par les Bollandistes, &, avec une Traduction Françoise, par Nicolas Goffet, Curé de Ste. Opportune à Paris. Voyez l'Article d'Adelhelme dans l'*Histoire Littéraire de la France*, Tom. VI. pag. 130 & suiv.

ADRIAN *Galtere*, » Moine de l'Abbaye de » *Mont-Majour* en France, (*Majoris Monas-* » *terii*) vivoit *dans le XVIe.* siecle «. Au lieu de Mont-Majour, Abbaye du Diocese d'Arles, dont le nom latin est *Mons Major*, lisez *Marmoutier*, en latin *Majus Monasterium.* On nous renvoie ici, pour ce qui concerne cet Ecrivain, à Dom d'Achery; & sous la lettre G, on redonne cet Article sous le nom de GALTERIUS (*Adrien*) qui vivoit *en 1511*; qui étoit Religieux d'*une Abbaye* dont son Oncle étoit Abbé, & qui est Auteur d'un Ouvrage intitulé, *Æquilibrium virtutum B. Petri Apostoli & S. Martini.* Ne croiroit-on pas, quand on compare ces deux Articles du même Ecrivain, que l'Auteur du second n'avoit seulement pas lu le premier?

AIRARD » Abbé de S. Paul de Rome, nommé » Evêque de Nantes par le Pape Léon IX, fut » chassé de son Siege par le Comte, le Clergé » & le Peuple de Nantes qui le jugeoient *in-* » *capable* de gouverner; ce qui n'empêcha pas » Airard d'exercer ses fonctions épiscopales par-

» tout où il pouvoit. « Puisque cet Airard n'a laissé aucun Ouvrage, pourquoi le placer parmi les Ecrivains de l'Ordre? La prudence ne demandoit-elle pas qu'on laissât dans l'oubli qu'il mérite, cet Evêque chassé de son Eglise comme *incapable?* Mabillon a publié (*Annal. Ord. S. B.* Tom. IV. p. 741) une Charte de cet Airard en faveur de Marmoutier.

ALAIN, *Evêque d'Auxerre*, & ALAIN *de l'Isle.* Plusieurs Ecrivains ayant mal-à-propos distingué ces deux *Alains*, comme fait Dom Fr., Oudin a prouvé que c'étoit un seul & même homme, qui fut successivement Moine à Clairvaux, Abbé de la Rivour, Evêque d'Auxerre, & qui mourut, non en 1294, mais en 1202. Le sentiment d'Oudin a été adopté par Leyser & par Fabricius, dont on peut voir la Bibliotheque Latine du moyen âge, Tom. I. pag. 35, Edit. in-4to. L'Abbé Lebeuf ne pense pas qu'Alain, Evêque d'Auxerre, soit le même dont on débite des Histoires singulieres dans l'Ordre de Cîteaux; mais il croit que cet Evêque est l'Abbé de la Rivour. Voyez les *Mémoires sur l'Histoire d'Auxerre*, in-4to. Tom. I. pag. 291-300.

ALEMANNI, *Bernard.* » Il fut élu Evêque de » Condom en *1311*, *ensuite Chapelain du Roi* » de France: il a composé un Traité sur le » Schisme qu'on conserve dans la Bibliotheque » de Colbert. « Bernard l'Allemand fut élu Evêque de Condom en *1371*; avant cette époque il avoit été Chapelain du Roi. Le Roi Charles VI. l'ayant informé de sa maladie, & s'étant recommandé à ses prieres en 1392, l'Allemand répondit à ce Prince une lettre assez déplacée. (Voy. *l'Histoire Ecclésiastique de la Cour*, par M. l'Abbé Oroux, Tom. I. pag. 505 & 506). Le Traité de l'Allemand, *de Schismate*, a passé de la Bibliotheque de Colbert dans celle du Roi, où il est sous le N°. 1481. Dans le Catalogue imprimé des MSS. du Roi, on attribue mal-à-propos, (Tom. III. pag. 127,) ce Traité de l'Evêque de Condom à Pierre *Testa*.

ALTMAN ou ALMAN, *Moine d'Hautvillers*. » On conserve ses Ouvrages à Hautvillers en » un gros Volume in-folio, manuscrit sur ve- » lin «. Il falloit dire que Mabillon a publié sa Vie de S. Sindulphe dans les *Acta SS. Benedict*. Sæc. I. pag. 368, & sa Lettre à Theudoin, qui lui avoit ordonné de refaire la Vie de S. Memmie, dans les *Analecta*, pag. 424, Edit. in-folio.

ANDRÉ, *Evêque de Mégare*. » Son Opuscule » sur la maniere de se confesser a été imprimé » *en tête* de l'Antidotaire de l'ame de Nicolas, » Abbé de *Bogard* «. Lisez *Nicolas* SALICET, Abbé de *Pomeri* ou *Baumgarten*, Diocese de Strasbourg, Ordre de Citeaux. Comme la Traduction Françoise de l'*Antidotarium animæ* parut à Douay, chez Jean *Bogard* en 1580, Dom François a pris le nom de l'Imprimeur pour celui de l'Abbaye de Nicolas Salicet. L'Opuscule d'André, que l'on dit imprimé *en tête* de l'*Antidotarium*, n'est que la 10e. Piece de cet Ecrit si souvent imprimé sur la fin du XVe. & au commencement du XVIe. siecles. J'en ai sous les yeux une Edition in-8vo. à deux colonnes, faite à Rouen, chez Jacques le Forestier, sans date (vers 1500); l'Opuscule dont il s'agit, ne s'y trouve qu'au 15e. feuillet. Au reste ce même Opuscule fut imprimé à part à Augsbourg en 1519, in-4to. Il falloit avertir ici que le surnom de l'Auteur étoit *Escobar*, & dire qu'il y a deux autres de ses Ecrits imprimés, savoir, *Gubernaculum Conciliorum*, adressé au Président du Concile de Constance, & publié par Herman von der Hardt, Tom. VI. part. IV. col. 139, des Actes de ce Concile ; & *Regula Decimarum*, imprimée dans le *Tractatus Trac-*

tatuum, Tom. XV. part. II. Edit. de 1584. Comme ſous la lettre N, notre Bibliographe n'a pas donné d'Article à *Nicolas Salicet*, il faut eſpérer qu'il ne l'oubliera pas ſous la lettre S.

ANDRÉ *de Fleury* » a écrit la Vie de S. » Gauzlin, Archevêque de Bourges, mort en » 1009; « liſez, mort en 1029 : la certitude de cette ſeconde date eſt prouvée par l'Article de cet André qui eſt très-étendu dans l'*Hiſtoire Littér. de la France*, Tom. VII. pag. 279 & ſuiv. Je ſuis ſurpris que ce *Gauzlin* n'ait pas ſon Article dans notre Bibliotheque, ne fût-ce que pour ſa Lettre ſur une eſpece de pluie de ſang tombée en Aquitaine ſous le regne du Roi Robert. Ce Prince ayant conſulté Gauzlin & Fulbert de Chartres ſur ce prodige, Gauzlin, dans ſa Réponſe, cite des phénomenes à-peu-près ſemblables, & ajoute qu'ils avoient été ſuivis de calamités publiques *dont ils ſont preſque toujours des préſages*. Ce ſont les termes de Dom Rivet, (*ibid. pag.* 283) qui auroit pu s'exprimer avec plus d'exactitude.

ANGELRAM ou INGELRAM, *Evêque de Metz*. » Sous ſon Epiſcopat l'Egliſe de Metz devint » fameuſe par l'Ecole qui y fut établie pour le » chant Grégorien «. On pouvoit ajouter que Charlemagne établit dans le même tems à Soiſſons une Ecole pareille. » Angelram fit pour ſe juſtifier (de la non-réſidence) une Collection de Canons qui eſt fort *ſuſpecte* «. Cette Collection dreſſée par Angelram en 785, & qui ſe trouve dans les Conciles de Labbe & ailleurs, n'eſt pas ſeulement *ſuſpecte* : comme elle eſt tirée en partie des fauſſes Décrétales, elle ne mérite aucune créance; auſſi le célebre Hincmar en faiſoit-il très-peu de cas, & y trouvoit-il des contradictions, des innovations en matiere de diſcipline, &c. Par ce Recueil, tout mauvais qu'il fût, Angelram ferma la bouche aux rigoristes de son tems, & après sa mort, (26 Octobre 791) Alcuin fit son Epitaphe en six vers, (*Alcuini Opera*, Tom. II. pag. 215, N°. 104, Edit. novissimæ), & Hildebolde, Archevêque de Cologne, accepta sans scrupule sa place d'Archi-Chapelain.

ANGELUS *de Faggiis*. Article inutile, puisque sous la lettre F, pag. 309, il y en a un fort étendu sur cet Ecrivain, au mot FAGGI.

ARNOLD ou plutôt ARNOLFE *de St. Emmeram*. Outre les Ouvrages de ce Moine cités par notre Bibliothécaire, nous avons encore son Homélie sur les 8 Béatitudes, publiée dans le *Thesaurus Anecdotorum* de Pez, Tom. IV. Part. II. Mabillon a donné dans ses *Acta SS. Ord. Bened.* Sæc. 6. Part. I. sa vie de S. Ramuold, Abbé de S. Emmeram de Ratisbonne. On ne s'accorde pas sur le tems précis où vivoit Arnold. Canisius, qui a publié les Miracles de S. Emmeram dans le Tome II. de ses *Lectiones antiquæ*, Edit. de 1602, Basnage & Fabricius disent qu'il fleurissoit vers l'an 1010; Pez prétend qu'il vivoit encore en 1031, & Suyskens conjecture qu'il composa le 2e. Livre des miracles de S. Emmeram en 1036.

ARNON, Archevêque de Saltzbourg. » *Né en* » *Angleterre* d'une famille noble, il quitta ce » Royaume pour accompagner en France Alcuin » *son* FRERE. « Mabillon, Rivet, Ceillier & Duchesne ont en effet cru cet *Arnon* ou Aquila, *né en Angleterre* & *frere* du célebre Alcuin; mais le Cointe, Pagi & Hansizius le disent Allemand, & pensent qu'il n'étoit point *frere* d'Alcuin. Or ce dernier sentiment est adopté par M. l'Abbé Forster, qui le fortifie très-bien, en prouvant par les lettres 115 & 117 d'Alcuin, que la dénomination de *frere* donnée par celui-ci à Arnon, est un terme d'amitié & d'attachement qu'on ne doit pas prendre à la lettre. Voyez la vie d'Alcuin qui est en tête de la nouvelle Edition de ses Œuvres, pag. xv. & consultez aussi la Table générale qui est à la fin de cette Edition, au mot ARNO. C'est à cet Arnon que M. l'Abbé Forster pense que sont écrites trois lettres d'*Angilbert*, Abbé de St. Riquier, à un Evêque, qu'il publie dans l'*Appendix Ia.* des Œuvres d'Alcuin. J'avertis en passant, que dans mes Ieres. Remarques, il s'est glissé une faute d'impression à l'Article *Forster*, Editeur d'Alcuin. Au lieu de *1778*, il faut lire *1777*.

ARTANAUD, *Célestin*, nommé ensuite ARTAULD : ce n'est ni l'un ni l'autre, mais ARTHAULD (*Thibaud*) qu'il faut lire, aussi-bien que *Becquet*, & non pas *Pecquet*. On dit ici que son Commentaire sur la regle de S. Benoît fut imprimé à Paris en *1486*; je n'en connois que l'Edition de Paris chez Ulric Rembolt, Simon Vostre, &c. en 1510, in-folio, citée par la Caille & David Clément qui la disent rare.

BANDONET, *Jean.* » Il a fait imprimer en » 1651 une Histoire des Evêques du Mans ; on » lui *attribue* encore *celle des Missions* dans les » Gaules.... Le P. le Cointe prétend que ce *dernier* Ouvrage n'est que l'abrégé d'un autre » *qui ne venoit* pas de *Bandonet*. La critique » du P. le Cointe n'est pas sûre, lorsqu'il *s'agit* » *des anciens Ordres.* «

Il y a là plus d'une méprise. 1°. Le Bénédictin dont il est question s'est nommé lui-même en tête de ses Ouvrages *BondoNNet*, & non pas *BAndoNet*. 2°. On ne lui *attribue* pas une Histoire des Missions dans les Gaules ; mais il publia réellement en 1653 une Réfutation de trois Dissertations de M. de Launoy, touchant les Missions dans les Gaules au 1er. siecle, Ouvrage très-différent d'une *Histoire des Missions*, puisque c'est une Réponse à la critique faite par Launoy de l'Avant-Propos de l'Histoire des Evêques du Mans par Bondonnet. Voyez la nouvelle *Biblio-*

theque Histor. de la France, Tom. I. N°. 3962 & suiv. 3°. Le Cointe n'a jamais prétendu que ce second Ouvrage de Bondonnet, *ne* fût *que l'abrégé* d'un autre; il a seulement avancé que l'Histoire des Evêques du Mans par le Bénédictin étoit un Abrégé de celle de le Courvaisier, publiée trois ans avant la sienne, & à laquelle il a ajouté les corrections qu'il jugeoit nécessaires. 4°. Je ne vois ni le motif ni l'à-propos de l'observation contre la critique *peu sûre* du P. le Cointe. Quand même ce docte Oratorien se seroit trompé sur l'Histoire de Bondonnet, dès que cette Histoire ne concerne point les Ordres anciens ou nouveaux, à quoi bon essayer d'infirmer la critique de le Cointe, *lorsqu'il s'agit des anciens Ordres ?* En finissant cet Article, j'observe qu'un Chanoine du Mans, nommé François *Bondonnet*, & sans doute parent de notre Bénédictin, publia en 1694 au Mans, une vie de Joseph-Ignace le Clerc de Coulennes, Chanoine de la même Ville.

BANDOURI, *Anselme*. Le nom de cet Antiquaire s'écrivoit *Banduri;* on peut voir son Eloge historique par M. Fréret, dans l'Histoire de l'Académie des Inscriptions, Tom. XVI. pag 348. Il falloit avertir que sa *Bibliotheca Nummaria* fut d'abord imprimée à Paris avec ses *Numismata Imperatorum Romanorum*, & que la réimpression, faite à Hambourg en 1719, est due aux soins de Jean-Albert Fabricius, qui l'a enrichie de plusieurs Additions importantes. Sa Chronologie des Empereurs d'Orient fait partie de son *Imperium Orientale*, imprimé en 1711, in-folio, 2 Volumes. Au reste il paroît constant que Dom Banduri n'est guere que le pere putatif des Ouvrages publiés sous son nom : le véritable Auteur de ces Livres est M. *de la Barre* (Louis-François-Joseph, mort en 1738) de l'Académie des Inscriptions & Belles-Lettres, Savant d'un mérite rare, & qui prêta son érudition & ses lumieres à plus d'un autre Ecrivain de son tems. Je tiens cette Anecdote de deux Membres distingués de l'Académie des Belles-Lettres, qui ont bien connu Dom Banduri & M. de la Barre. Dans l'Eloge de celui-ci (*Hist. de l'Acad.* Tom. XIV. pag. 308.) M. de Boze laisse croire que le Bénédictin se servit de lui, seulement pour extraire les Auteurs anciens & pour corriger des épreuves : mais quand le Secrétaire de l'Académie ajoute que ce fut à la priere de Dom Banduri, *aimé* & protégé du Grand-Duc de Toscane, que ce Prince fit à M. de la Barre une pension dont il a été exactement payé, on sent que M. de Boze ne veut pas parler plus clairement, & qu'il manque quelque chose à son récit. L'Anecdote que l'on vient de lire explique tout : Banduri, fort répandu dans la société, travailloit très-peu & vouloit passer pour érudit ; la Barre étudioit pour lui ; Banduri sollicita en sa faveur une pension, & il l'obtint d'autant plus facilement qu'en récompensant la Barre, le Grand-Duc acquittoit une dette du Bénédictin, qui, de son tems, passoit généralement pour fils-naturel de ce Prince.

BARTOLOCCI, *Feuillant.* Il naquit le 1er. Avril 1613, fit profession chez les Feuillans en 1632, & mourut le 19 Octobre (*14 Kal. Novembris*) & non le *1er. jour de Novembre* 1687, à l'âge de 75 ans. Voyez son Article dans les *Scrittori d'Italia* de Mazzucchelli, tom. II, pag. 468. Ces dates sont certaines & renversent celles de Dom François, qui fait naître Bartolocci *sur la fin du 16me. siecle*, qui le fait entrer aux Feuillans *en 1613*, l'année même de sa naissance, &c. Il est facile de conclure de-là que c'est par erreur typographique qu'à la page derniere de mes Ires. Remarques, on a mis, à propos de la naissance de Bartolocci : lisez *du XVe. siecle*, au lieu de *au commencement du XVIIe. siecle*. J'ajoute que Bartolocci étoit Abbé de S. Sébastien aux Catacombes, qualité qu'il prend à la tête de son Ouvrage; & qu'à la fin de cet Article, on pouvoit renvoyer à celui d'*Imbonati*, son Editeur, son Continuateur & son Disciple.

Berchorius, *Pierre*. Je ne releverai pas toutes les inexactitudes qui sont dans cet Article: Je me borne à faire deux notes, l'une sur le nom François de cet Ecrivain, l'autre sur sa traduction de Tite-Live. 1°. La Croix du Maine le nomme *Berchore*, d'autres *Bercheure*, & *Berseur*; Dupin *Bercheur*, & Montfaucon *Bercenne*, sans doute par une faute de copiste ou d'imprimeur. Il semble que, comme il s'appelle lui-même *Berchorius*, on devroit rendre son nom en François par *Berchoire*, comme nous rendons *Gregorius* par *Grégoire*, *Maglorius* par *Magloire*, &c.; néanmoins je doute encore, par la raison que voici: Jean Thenaud, Cordelier, qui écrivoit au commencement du 16eme. siecle, s'exprime ainsi dans sa *Marguerite de France* (*):
» Pierre de *Bersuyre*, qui fit le Dictionnaire...., » fut premiérement Cordelier, puis Moine & » Prieur de S. Victeur. « *Bersuire* ou *Bressuires* (en Latin *Bersuria*, *Bescorium*) est une petite Ville de Poitou, Election de Thouars; Pierre, né à trois lieues de Poitiers, pouvoit être ori-

(*) C'est une Chronique abrégée des Rois de France, depuis Samothès-Dis, fils de Japhet, jusqu'à Charles VIII, dédiée par l'Auteur à Louise de Savoye, mere de François I, & composée en 1509. Voyez la Notice de ce Manuscrit dans la Bibliotheque historique de la France, Tom. IV. pag. 380, N°. 15691 *. Il appartient aujourd'hui à M. de *Foncemagne*, de l'Académie Françoise & de celle des Belles-Lettres.

ginaire de cette Ville, ce qui l'auroit fait surnommer *de Bersuire*, & par corruption *Berseur*; qu'il auroit lui-même rendu en Latin par *Berchorius*. Le Cordelier Thenaud nous apprenant que Pierre avoit été Cordelier avant de se faire Bénédictin, il paroît qu'on peut l'en croire sur le vrai surnom de cet Ecrivain. 2°. La Traduction Françoise de Tite-Live par Berchoire, dont il existe différens Manuscrits dans nos Bibliotheques, (**) fut imprimée à Paris chez Guill. Eustace & François Regnault, en 1515, in-folio, Edition dont il y avoit chez M. Gaignat un Exemplaire sur velin, mais qui n'est point la premiere. J'ai vu au Château de Maffliers, celle de Paris *en la grand'rue St. Jacques*, sans nom d'Imprimeur, mais des caracteres de Vérard, 1486, in-folio, petit format à 2 colonnes, contenant la premiere Décade. Cette 1ere. Edition de 1486 est de la plus grande rareté; Maittaire, la Caille, Orlandi & nos Bibliographes François ne l'ont point connue. Les Ouvrages Latins de Pierre Berchoire, imprimés dès le XVe. siecle, furent souvent copiés & abrégés dans les Monasteres; ceci me rappelle l'exclamation puérile d'un de ces Copistes qui, à la fin de son travail, plein d'enthousiasme pour son confrere Berchoire, s'écrie : *Verè dicere possum quòd beagus fuit venter qui talem Monachum portavit & tenuit.*

BERNON, *Abbé de Richenou.* Son Article est beaucoup mieux fait dans la Bibliotheque Latine du moyen âge de Fabricius, où, à l'occasion des Ouvrages de Bernon sur la Musique, le Bibliographe Allemand donne un Catalogue rai-

(**) Il y en a deux en Sorbonne, un à Ste. Genevieve, &c. Le plus ancien de Sorbonne nomme le Traducteur *Bertheure*, & l'autre *Berthure*.

ſonné des Auteurs du moyen âge qui ont écrit en Latin ſur la Muſique & le Chant Eccléſiaſtique.

BEVERUS, *Jean*, *Moine de Weſtminſter.* » Un » Anglois, nommé *Hearn*, a publié *de nos jours* » ſa Chronique d'Angleterre, en 2 Vol. in 8vo. « Thomas HEARNE mourut le 10 Juin 1735, à l'âge de 57 ans; par conſéquent il n'a rien publié *de nos jours.* Sa Collection des Hiſtoriens Anglois, imprimée depuis 1710 juſqu'à 1734, forme près de 60 Volumes in-8vo. qu'il eſt très-difficile de réunir, parce que pluſieurs ont été tirés à un fort petit nombre. Freytag qui, dans ſes *Analecta Litteraria*, pag. 415 & ſuiv. donne la Liſte des Hiſtoriens publiés par Hearne, n'y a pas compris *Beverus* qu'il ne connoiſſoit pas.

BLENDECQUE, *Charles de* » Religieux de Marchiennes, vivoit *au commencement du 17me. ſiecle;* il fit imprimer à Paris, *en 1613*, deux » Ouvrages ſinguliers ſur *les Poſſédés & les Poſſeſſions.* Foppens en parle. « 1°. Ce Religieux, nommé *Blandecque* ou *Blandek*, s'appelloit réellement BLENDECQ, & c'eſt ainſi qu'il écrivoit ſon nom. Profès de l'Abbaye de Marchiennes qui jouit du Prieuré de *Vrégny*, à deux lieues de Soiſſons, il en fut nommé Adminiſtrateur, & vint en conſéquence demeurer au Fauxbourg de St. Vaaſt à Soiſſons, où la même Abbaye a une maiſon. 2°. Il vivoit *dès* 1582, puiſqu'il fit imprimer cette année-là à Paris le Livre dont je vais parler. 3°. Ce Livre ne traite pas en général *des Poſſédés & des Poſſeſſions;* il contient l'Hiſtoire particuliere de quelques Poſſédés du Dioceſe de Soiſſons, & de la maniere dont ils furent guéris en 1582. Gervais de Tournai, Chanoine de Soiſſons, fit en Latin, par ordre de l'Evêque Charles de Roucy, la Relation du même événement, qui parut à Paris en 1583, in-8vo. chez Guill. Chaudiere, &

dans cette Relation, il parle de Blendecq comme d'un Religieux recommandable, qui avoit été chargé par l'Evêque, de l'examen de ces Possédés. 4°. Le même Blendecq a encore donné d'autres Ouvrages, savoir : 1°. une Traduction Françoise de la *Viola animæ*, abrégé de la *Theologia naturalis* de Raimond de Sebonde, fait par le Chartreux Pierre Dorland, & déja traduit en François par Jean Martin, dont la version avoit paru à Paris, chez Vascosan, dès 1551, in-4to. La traduction nouvelle de Blendecq, parut à Arras en 1600. 2°. Un petit in-12. de 136 feuillets, impr. à Paris chez George Durand en 1612, sous ce titre : *Les Miracles de la sacrée Vierge Marie, Mere de Dieu.* C'est une traduction du Latin de Hugues Farsit, dont le texte a été publié à la fin de l'Histoire de l'Abbaye de N. D. de Soissons, par Dom Germain. 5°. Paul du Mont, de Douay, publia en 1587, in-8vo. des *Lunettes spirituelles*, Traduites du Latin de Denys le Chartreux, & dans sa dédicace à l'Abbesse de N. D. de Soissons, ce Traducteur fait mention de *Charles de Blendec, Religieux de son ancienne connoissance, & Prieur de Vergny.*

BODON, *Henri*, a composé la Chronique de Cluse. On devoit ajouter qu'il y a encore de lui un *Syntagma de constructione Coenobii Gandesiani, &c.* publié par H. Meibomius, dans le Tome II. de ses *Scriptores Rerum Germanicarum*, & plus correctement & avec des augmentations, dans le Tome III. des *Scriptores Rerum Brunswicensium* de Leibnitz, qui dans le Tome II. de cette collection, donne un supplément au même *Syntagma*, avec des Extraits de la Chronique de Cluse.

BOIS, *Jean du.* Il s'est nommé en latin *Joannes à Bosco.* Quand il eut quitté les Célestins, il suivit le parti des armes & s'y distingua de telle façon, que Henri III le nommoit l'*Empereur des Moi-*

nes. Rentré chez les Céleſtins, il s'appliqua aux Lettres, fut chéri du Cardinal Olivier, obtint l'Abbaye de Beaulieu, & mourut à Rome au Château S. Ange, où il avoit été renfermé. Voyez pour ce qui concerne cet homme ſingulier, le Dictionnaire Hiſtorique de Proſper Marchand, qui lui a donné un Article.

BOURDON, *François*. Comme ce Céleſtin a traduit un Livre de Prieres, de Louis de Grenade, notre Bibliographe croit devoir faire la remarque ſuivante : » En général les Céleſtins, » conformément à l'eſprit *du bon* Pierre Mouron, St. Céleſtin, ne ſe ſont guere occupés » que de ces ſortes d'Ouvrages, & y ont réuſſi. « Ailleurs (pag. 171) il dit encore : » Si » les Céleſtins euſſent ſecondé le zele du P. » Campigni, ils *ne ſe ſeroient pas mis dans le* » *cas* d'une ſuppreſſion totale. « Il n'y a point de généroſité à attaquer ainſi les morts. Et puis, eſt-il bien décent à un Religieux d'applaudir à la ſuppreſſion d'un Corps de Moines? Ne ſeroit-il pas plus honnête de garder un reſpectueux ſilence?

BOURG, *Jean du*, Cluniſte Anglois, nommé en latin *Burgenſis*, vivoit dans le *16me.* ſiecle *vers 1340.*

BOYVIN, *Guillaume*. » Il eſt Auteur d'un Ou» vrage écrit en vers ſous ce titre, *Recueil des* » *choſes mémorables avenues tant en France qu'en* » *d'autres lieux, depuis l'an* 1483 *juſqu'en 1506.* « Mais ce Recueil a-t-il été imprimé? Je l'ignore, & je ſais ſeulement que la Croix du Maine, d'après qui on l'a cité, dit avoir ce Recueil manuſcrit, & que c'eſt l'Hiſtoire depuis *1485*, juſqu'en 1506. Ce Guillaume étoit ſûrement parent de René Boyvin, Angevin comme lui, & habile graveur du XVIe. ſiecle, dont parle auſſi la Croix du Maine.

BUGNATRE, *Gédéon* » a travaillé pendant 20

» ans à l'Histoire Civile & Ecclésiastique de Laon » & du Laonois : cet Ouvrage, *qui est estimé des » Savans*, a été annoncé en 1768, en 4 Volu» mes in-4to. « L'Histoire de Dom Bugnatre n'ayant point été imprimée, sur quel fondement *les Savans* pourroient-ils l'estimer?

Bugnot. Après avoir cité deux Ouvrages de ce Bénédictin, Dom Fr... dit qu'il en composa plusieurs *autres qui ont été perdus*. La continuation de l'Argenis de J. Barclai, n'est pas un des Ouvrages *perdus* de Bugnot; elle fut imprimée à Leyde en 1669, in-8vo.

Buri, *Richard de*. Pour sentir les différentes méprises qui sont dans cet Article, il suffit de jetter les yeux sur celui du même Prélat qu'a donné Fabricius dans sa Bibliotheque Latine du moyen âge, Tome Ier. pag. 307. Différens Bibliographes attribuent le *Philobiblion*, qui porte son nom, au Jacobin Robert Holkot, qui le composa par ordre du Prélat Richard. Voyez la *Bibliotheque curieuse* de David Clément, Tome V. pag. 433 & suiv.

Butkens, *Christophle*. Parmi ses Ouvrages notre Bibliothécaire oublie le plus connu de tous, ses *Trophées sacrés & profanes du Brabant*, dont la derniere Edition est de la Haye, 1724 & 1726, en 4 Volumes in-folio. Ses Annales généalogiques de la Maison de Lynden, sont très-rares, même en Flandres, où je les ai inutilement cherchées. Quand Dom François dit que Butkens *a fait honneur à l'ordre de Cîteaux, par son rare mérite & ses vastes connoissances*, il ne fait que copier de Visch, Valere André, le Mire & autres écrivains aveuglés par l'intérêt de corps ou un patriotisme mal entendu. Loin que les connoisseurs fassent cas des Ouvrages de Butkens, ils regardent cet Auteur comme un faussaire qui a fabriqué de faux titres dont ses Livres sont farcis : voici le portrait qu'en fait *Scriverius* : » Exortus eſt nuper *Stolidæ audaciæ* & *intolerabilis palpi* C. Butkenius. Hic » *Fanaticus* Ducum .... acta, rationes, ſtemmata & origines in numerato habere atque » ea quæ nunquam facta, ſcire videtur, nunc » Comites, nunc Barones crepat, *confictis diplomatibus*, vera falſaque juxta habet « (Voy. *Ant.* MATTHÆI, *veteris ævi Analecta*, Tom. I. pag. 558, Edit. in-8vo.) Ce jugement de Scriverius ſe trouve confirmé par Jean Hubner, dans ſa *Biblioth. Genealogica*; par Arn. Buchelius, pag. 42, note *e*, ſur l'Hiſtoire des Evêques d'Utrecht, de Guill. Heda, imprimée en 1642, in-folio, & par tous nos bons Critiques en matiere de Généalogies.

CALCEAT. Ce Bénédictin étoit natif de Reuilly & Religieux de S. Sulpice de Bourges; il ſe nommoit en François Jean *Chaucé* ou *Chauſſé*. Son Poëme Latin en vers héroïques eſt aſſez rare quoiqu'imprimé deux fois. Dom Liron parle de Jean Chauſſé & de ſon Poëme dans le Tome Ier. de ſes *Aménités de la Critique*, pag. 229; il en eſt auſſi queſtion dans les Annales Typographiques de Bourges, par Catherinot, ſous les années 1531 & 1538.

CAMBIERE, *Ode*. C'eſt le même qui, ſous l'Article BRAY, pag. 149, eſt nommé *Edon Cambriere*, & dont au Tome II. pag. 347, Dom Fr.... redonne l'Article en l'appellant *Odon* CAMERIUS. » Nous avons de Dom Ode » Cambiere l'Abrégé de l'Hiſtoire du Monaſtere » d'Afflighen, imprimé dans le Spicilége de » d'Achery, Tome II. Ce Religieux a encore » compoſé un Traité des Ecoles de l'Ordre de » S. Benoît, & *a continué* l'ancienne Chronique » d'Afflighen «. Qui ne croiroit que cette continuation de l'ancienne Chronique eſt un Ouvrage différent de l'Abrégé de l'Hiſtoire cité d'abord? Ce n'eſt pourtant qu'un ſeul & même écrit fort mal caractérisé par le titre de *Continuation*, puisqu'il commence au premier Abbé d'Afflighen. Comme d'Achery a publié cet Abrégé de Cambiere, à la suite de l'ancienne Chronique Anonyme, on a cru mal-à-propos que l'Abrégé étoit la continuation de la Chronique, ce qui n'est point.

CARPENTIER, *Pierre*. Parmi les Ouvrages de cet Ecrivain, Dom Fr. oublie son *Alphabetum Tironianum*, *seu Notas Tironis explicandi methodus*, imprimé à Paris en 1747, in-folio, grand format; Dom Tassin l'a aussi oublié, parce qu'il n'en estimoit pas l'Auteur; comme on le voit, pag. 633, 634, 720 & 721 de son Histoire Littéraire.

CARRÉ, *Remi*. Dom Fr. ne cite qu'un Ouvrage de ce Moine. Voyez les autres dans la *France Littéraire* de 1759, & dans le *Supplément* de 1778.

CHELIDONIUS, *Benoît*. Il étoit d'abord Moine de S. Gilles de Nuremberg, où, sous le masque de *Musophilus*, il composa un Poëme sur la fondation de son monastere. Voyez la Bibliotheque Latine du moyen âge de Fabricius, Tom. I. pag. 372. Sa Vie de Jesus-Christ en vers latins (dont on ne dit rien ici) parut à Nuremberg en 1511, in-4to. ornée de figures gravées par Albert Durer, Edition très-rare qui est indiquée dans le Catalogue de Crevenna, Tom. III, pag. 392. Chelidonius publia le Livre de *Bandin* sur un manuscrit de l'Abbaye de Molck en Autriche, où Kropft rapporte (*Bibliothec. Mellicensis*, pag. 78) qu'il y a un Exemplaire sur velin de cette Ire. Edition de 1519, in-folio.

COLLINA, *Abundius*, & *Boniface*, tous deux Camaldules. Le premier, qui est mort en 1753, a donné en Italien des Considérations historiques sur l'origine de la Boussole en Europe & en Asie, publiées à Faenza en 1748, in-4to. & un morceau latin ſur l'invention de l'aiguille aimantée, imprimé dans le Tome II. part. III, des Mémoires de l'Inſtitut de Bologne. Le ſecond, outre une Vie de S. Romuald, écrite en Italien, a traduit en la même langue & en vers, l'Eſther & l'Athalie de Racine. Dire, comme notre Bibliothécaire, que leurs Ouvrages ſont *eſtimés*, & qu'il en eſt queſtion dans les Journaux d'Italie, ſans en ſpécifier aucun, ſans en indiquer même l'objet, eſt-ce éclairer ſuffiſamment le Lecteur & lui donner une idée convenable des Ecrits & des Ecrivains que l'on ſe propoſe de faire connoître ? Cette réflexion-ci eſt applicable à une multitude d'autres Articles de cette Bibliotheque.

CORASO, *Hercule*. » Il eſt à *préſumer* qu'ayant » un grand talent pour l'Eloquence, & étant » Membre d'une Académie floriſſante (de Bologne), il a compoſé d'autres Ouvrages que » ſa Harangue pour l'ouverture de cette Académie «. On a en effet d'autres Ouvrages de cet Ecrivain, qui ſe nommoit *Corazzi*, & non pas *Coraſo*. Je connois ſon Oraiſon funebre de Charles Cignani, imprimée en 1720, in-4to. une Défenſe de l'Architecture Militaire, de Franc. Marchi, contre le Pariſien Maneſſon-Mallet, écrite en Italien & imprimée en la même année 1720, in-4to. &c. &c.

CORNARO PISCOPIA. Elle ſe nomme en Latin, *Cornelia Piſcopia*. » Un ſavant Auteur *nommé* Bacchini, a donné la Vie de cette Religieuſe avec une partie de ſes Ouvrages ». Il falloit dire *Benoît Bacchini* (le même dont on donne l'Article, Tom. I. pag. 85 de cette Bibliotheque) & obſerver que cette Vie imprimée en 1688, in-8vo. avec les Ouvrages de Cornelia, reparut à Breſlau en 1729, dans les *Vitæ ſelectæ XVII. Eruditorum Hominum*.

CRESPET, *Pierre* » natif de Sens, avoit fait

» profession parmi les Céleſtins ». Creſpet fut Prieur des Céleſtins de Paris ; il prend cette qualité en tête d'un de ſes Ouvrages imprimé à Paris en 1590, in-8vo. ſous ce titre : *Deux Livres de la haine de Satan & malins Eſprits contre l'homme, & de l'homme contre eux*, &c. L'Auteur dédie ce volume plein de rêveries abſurdes, au Duc de Mayenne, par une Epître dans laquelle il ſe montre tout dévoué à la maiſon de Lorraine, dont il retrace à ſa maniere les faits les plus glorieux. Il a compoſé une multitude d'autres Ouvrages en Latin & en François, dont le P. *Becquet* donne une liſte exacte, pag. 175 & ſuiv. Sous l'Article *Campigni*, Editeur de la *Summa Fidei* de Creſpet, notre Bibliothécaire écrit mal Crépet.

CROQUETIUS. Il ſe nommoit en François *du Croquet*, & c'eſt ſous ce nom que du Verdier l'a inſéré dans ſa Bibliotheque Françoiſe. Après avoir cité ſeulement *trois* Ouvrages de du Croquet, Dom Fr. dit : » Ces *quatre* différens Ouvrages ont été imprimés. « Apparemment il a oublié le *4e*.

CRUMP, *Henri*. En Latin il ſe nommoit *Crumpa*. Il falloit obſerver, d'après Waræus, *de Scriptoribus Hibern.* que ce Religieux Irlandois, dans ſes *Determinationes Scholaſticæ*, paroît avoir adopté l'héréſie de Berenger ſur la préſence réelle.

CUMEANUS. » Sa Lettre ſur la Pâque a été » imprimée, par Uſſerius, *dans ſes Recueils Irlandois* «. Il falloit dire dans ſon *Recueil de Lettres Irlandoiſes* (*Veterum Epiſtolarum Hibernicarum Sylloge*) publié à Dublin en 1632, & à Paris en 1665, in-4to. L'Editeur Italien de la Bibliotheque Latine du moyen âge de Fabricius, Tom. I. pag. 438, veut prouver que ce même Cumeanus, après avoir paſſé 21 ans dans le Cloître, devint Evêque de Bobio.

CYRIN, *Evêque de Friſinghen*. C'eſt le même

qu'*Aribon*, nommé quelquefois *Erbon*, dont on voit l'Article pag. 70. de ce Volume. Ce qui a trompé notre Bibliographe & lui a fait partager un homme seul en deux, c'est que *Cyrin* en Grec est le même nom qu'*Erbo*, en Latin *Hæres*; mais comment, après avoir observé sous le mot *Aribon*, que cet Auteur est quelquefois nommé *Arpeon* & *Cyrian*, n'a-t-il pas vu que *Cyrin* & *Aribon* désignoient le même individu? Outre les vies de S. Corbinien & de S. Emmeram, on a de cet Aribon ou Cyrin, un Opuscule intitulé : *Confessio peccatorum*, impr. dans le *Manuale Biblicum*, publié à Francfort en 1610, in-8vo.

DELPHIN, *Pierre*. » Jacques de Bresce fit im» primer *quatre Volumes* de ses Lettres à Venise, » en 1524. " Les Lettres de Pierre Dauphin, imprimées à Venise en 1524, forment *un seul Volume* in-folio qui est de la plus grande rareté. On l'a vu acheter jusqu'à 100 pistoles.

DEMMELMAYR, *Conrad* » mort en 1740, a » été *l'un des plus savans & des plus illustres* Bi» bliothécaires de notre siecle. " Et quel Ouvrage a publié ce Savant illustre? Notre Bibliographe n'en indique aucun autre, qu'un Catalogue analytique des Œuvres de Conrad le *Philosophe*, Catalogue qu'il dit être *fort estimé*, & qui est pourtant aussi inconnu que son Rédacteur. Dom Fr. croit encore devoir donner un Article à *Etienne* BURCHARD, qui fut, selon lui, *un célebre Bibliothécaire*, *un homme de goût*, *érudit & laborieux*. Ce Burchard dressa le Catalogue de la Bibliotheque de Molck, aussi-bien dirigé qu'*élégant par la beauté de l'Ecriture*; il a laissé des recueils, des notes qui sont des monumens de son savoir. Telles sont les preuves que donne Dom Fr. de la *célébrité* de ce Religieux.

DESGABETS, *Robert*. Cet Article qui remplit neuf colonnes, est d'une prolixité accablante;

il contient la notice fort détaillée des Ouvrages manuſcrits de ce Bénédictin ; & aſſurément la peine eſt bien gratuite ; mais, que veut dire l'Auteur, quand il avance que Dom Deſgabets *a beaucoup écrit ſur* l'indéfatibilité *des Créatures ?* Voici quelque choſe de plus ſingulier : » Deſgabets *inventa* la transfuſion du ſang, qui conſiſte à tirer du ſang d'une artere d'un homme ou de quelque animal *vivant*, & à le faire paſſer dans les veines d'un autre, à qui on a tiré une partie de ſon ſang à-peu-près égale *de* celle qu'on doit lui infuſer. Deſgabets en fit l'expérience, & la communiqua à quelques amis à Paris ; mais la choſe ayant été négligée, *pour lors* les Anglois la publierent quelques années après, comme une découverte de leur invention .... Deſgabets montra que *cette invention* n'étoit pas due aux Anglois, *mais à lui.* Nous avons encore vu les tuyaux dont il s'étoit ſervi pour faire ſes expériences. « Il y a peut-être quelque mérite à avoir imaginé la transfuſion du ſang, quoique proſcrite, preſque dès ſa naiſſance, comme dangereuſe & *inutile ;* mais il me ſemble que Dom François a tort de donner Deſgabets pour l'inventeur de cette méthode. Ce dernier ne fait pas remonter au-delà de 1650, l'enſeignement qu'il fit à Metz de la transfuſion : or, André Libavius, dans un Livre imprimé à Francfort *dès 1615*, avoit déja parlé de la transfuſion, à la vérité, ſans approuver ce moyen de curation. On peut voir le texte de Libavius dans le Chapitre II. pag. 7, du curieux Traité de George-Abraham Mercklin : *de ortu & occaſu transfuſionis ſanguinis*, publié à Nuremberg en 1679, in-8vo. Dans ce Chapitre, où l'Auteur fait des recherches curieuſes ſur les véritables inventeurs de la transfuſion, il nomme Jean *Colle*, *Libavius*, dont je viens de parler, Timothée *Clerck* & D. *Henshaw*, Anglois, *Denis*, Médecin de

Paris, &c. ſans dire un ſeul mot du P. Deſgabets. Celui-ci fit des expériences ſur la transfuſion ; peut-être même l'idée de cette opération ſe préſenta-t-elle à ſon eſprit, ſans qu'il l'eût puiſée dans les Ecrits publiés avant lui ; je le crois volontiers : mais dès que la transfuſion ſe trouve indiquée dans des ouvrages imprimés avant 1650, époque donnée par Deſgabets lui-même, à ſa prétendue invention ; peut-on équitablement le qualifier aujourd'hui d'*Inventeur ?* Dom Deſgabets fut un Méthaphyſicien habile ; mais il paroît avoir eu une Phyſique auſſi mauvaiſe que ſa Théologie fut dangereuſe par les rêveries qu'il débita pour expliquer la préſence réelle & la *transfuſion* du péché originel.

DIDATI, *André*, *Evêque de Mégare*. C'eſt évidemment le même qu'André, Evêque de Mégare, dont j'ai déja parlé. Comme cet André, ſurnommé *de Eſcobar*, fut Evêque de Civita-Vecchia & d'Ajacio, vraiſemblablement quelque Bibliothécaire l'a nommé *Andreas* CIVITATENSIS, ce qui a produit le chimérique *Didati*, Evêque de Mégare ; mais il n'eſt pas poſſible de douter de l'identité du prétendu *Didati* & d'*André*, ſur-tout ſi l'on compare ces deux Articles dans notre Bibliotheque.

DIELT, *Grégoire*. Le nom de cet Ecrivain s'écrit auſſi *Dietl* & *Dietels* ; ſes *Opera Theologico-Theoretico-Practica*, ſont en 2 Volumes in-4to. imprimés à Ratisbonne en 1673. A la Bibliotheque du Roi, on a (D. N°. 4428) des Theſes qui furent ſoutenues ſous ſa préſidence dans l'Abbaye de Prifiling, & imprimées à Ratisbonne en 1669, in-12. Il y prend les qualités de Prieur & de Profeſſeur de ce Monaſtere. J'appréhende fort que le *Grégoire* DREHER, de la page 260, ne ſoit le nom eſtropié du même Auteur ; on le dit Prieur de la même Abbaye, & on lui attribue un *Directorium Clericorum ſeu Tractatus de*

Horis Canonicis, imprimé à Ratisbonne en 1670, in-4to. Or, les *Opera Theologico-Theorico-Practica* de Grég. *Dielt*, imprimés dans la même Ville, contiennent aussi un Traité *de Horis Canonicis*.

DITHMAR, *Evêque de Merspourg*. „ Il y a „ trois Editions de sa Chronique, la 1ere. don- „ née in-folio *en* 1584, par Reinerus *Reiessius*. « Lisez, en 1580, par Reinerus *Reineccius*, & observez que cette 1ere. Edition est fort incomplette & très-défectueuse ; que celle qui fut publiée à Helmstad en 1667, in-4to. par J. Joach. Maderus, vaut mieux ; mais que la meilleure de toutes, a été donnée en 1707, par Leibnitz, dans le Tome Ier. des *Scriptores Rerum Brunswicensium*.

DOC, *Jean*. En latin, il se nommoit *Doceus* ; dire, qu'après avoir été Grand-Prieur de St. Denys, il fut nommé Evêque de Laon, c'est manquer d'exactitude, les Auteurs du *Gallia Christiana*, ayant expressément assuré que, depuis sa promotion à l'Episcopat, Doc avoit gardé la place de Grand-Prieur de St. Denys. Tous les Ouvrages de ce Doc sont écrits en latin, même sa vie de S. Denys, qui fut imprimée à Paris en 1549, (& non pas en 1547,) in-8vo. par les soins de Gabriel *Baudet*, Bénédictin de St. Denys, auquel on n'a point donné d'Article dans cette Bibliotheque.

DOLET, *Claude-Louis*. Malgré l'Annonce du Journal des Savans de 1724, les Mémoires de ce Cluniste sur le Nivernois, n'ont point été imprimés. Ce n'étoit que des matériaux qui, après la mort de l'Auteur, furent dispersés & dont il n'existe plus que quelques fragmens à S. Martin -des-Champs à Paris. Voyez la nouvelle *Bibliotheque historique de la France*. Tom. III. pag. 415.

DOMINIQUE, Abbé de *Mure* ou *Muren*. Lisez, *Dominique* TSCHUDI, Abbé de *Muri* en Suisse.

DOMNISON.

DOMNISON. „ Sa vie de la Comteſſe Ma-„ thilde, en vers latins, a été publiée en 1612, „ par Sébaſtien *Tengager*, « liſez, *Tengnagel*, & ajoutez: parmi les *Veterum monumenta*, donnés in-4to. par ce Savant; Muratori a redonné cette vie dans le Ve. Tome de ſa Collection des Ecrivains d'Italie; mais, avant lui, Leibnitz l'avoit auſſi publiée avec des notes dans le Tome Ier. de ſes *Scriptores rerum Brunswic.* On peut voir ſur le mérite littéraire de Tengnagel, mort en 1636, les Commentaires de Lambecius ſur la Bibliotheque Impériale, Liv. Ier.; ou, à ſon défaut, l'Abrégé in-8vo. qu'en a fait Jacq. Frédéric Reimman, ſous le titre de *Bibliotheca Acroamatica*, pag. 16-22.

DROGON, *Evêque d'Oſtie.* „ Son Sermon ſur la „ Paſſion de Jeſus-Chriſt, ſe trouve dans la Bi-„ bliotheque des Peres; « ajoutez: *auſſi-bien que ſes autres Ouvrages dont on vient de parler.* En effet, pourquoi indiquer l'Edition du Sermon, & ſe taire ſur celle des autres Ouvrages?

DRUTHMAR. „ Son Commentaire fut impri-„ mé à Strasbourg par *Joſeph* Groninger en „ 1514, in-folio. " Liſez, par *Jean* Gruninger, & remarquez l'exceſſive rareté de cette Iere. Edition. L'Ouvrage reparut à Haguenau en 1530, in-8vo. & on l'a réimprimé dans le Tome XVe. de la Bibliotheque des Peres, Edition de Lyon, 1677. David Clément a donné ſur ce Commentaire de Druthmar, un article étendu dans ſa Bibliotheque curieuſe, Tom. VII. pag. 451 & ſuiv. On peut auſſi voir celui de l'Hiſtoire Littéraire de la France, Tom V. pag. 84--90.

DUCCUS, *Grégoire.* „ On a de lui un Vo-„ lume de Poëmes imprimés à Vicence en 1586, „ in-4to. » En quelle langue ſont écrites ces Poéſies? Elles ſe réduiſent, je crois, à un ſeul Poëme écrit en vers héroïques Italiens, ſur le jeu des Echecs, (*la Scacheide*) qui parut cette année-là à Vicence, in-4to. & qui fut réimprimé en 1607 aussi in-4to., deux Editions qui sont chez le Roi, Y. N°. 3677 & 3678. En nommant *Duccus*, ce Poëte Italien, qui s'appelloit *Ducchi*, notre Bibliothécaire laisse croire que ses Poésies sont écrites en Latin. Ce *Ducchi* de Bresce, étoit sans doute parent de César *Duccus* ou *Ducchius*, autre Poëte de la même Ville & du même tems, dont diverses Poésies Latines ont paru dans les *Deliciæ Poetarum Italorum*, & dans le Tome IVe. des *Carmina Illustr. Poetarum Italor.* in-8vo. & ailleurs. On peut voir des Extraits de ses vers latins dans Quirini, *de Brixianâ Litteraturâ*, Part. II. pag. 222 & suiv.

DUFOUR, *Thomas*. Il mourut à Jum*iers* le 2 Février *1647*; lisez, à Jumi*éges* le 2 février *1645*, si l'Extrait que vous donnez du Nécrologe de cette Abbaye est fidele. Ce Dom *Dufour* ne voulut pas concourir à une nouvelle Edition de la Polyglotte, de peur de ruiner ceux qui avoient fait les frais de la Iere. & dans la crainte » d'offenser les Auteurs d'une entreprise si louable, qui n'auroient pu regarder que comme une critique très-mortifiante les corrections qu'on publieroit. « Cette crainte de Dom Dufour, à l'égard de la Polyglotte, seroit un peu pusillanime, sans la considération des frais immenses qu'avoit occasionnés la Iere. Edition. En effet, si l'appréhension de mortifier les Auteurs des mauvais Ouvrages, arrêtoit la plume des Critiques, il faudroit donc laisser dans les Livres, les méprises en tout genre, & préférer l'intérêt particulier des Auteurs, à l'intérêt général des Lettres & du goût ? Maxime détestable, pernicieuse, & qui ne sera jamais défendue sérieusement, que par ceux qui auroient un intérêt personnel à la soutenir. Pour moi, tout en respectant les motifs de la retenue de Dom Dufour, je crois la Critique très-utile au progrès des connoiſſances, quand elle ne ſort pas des bornes de la politeſſe ; je penſe qu'en relevant les mépriſes d'un Ouvrage quelconque (hiſtorique ſur-tout,) un Critique ſage & inſtruit, mérite plus des Lettres que ces lourds Compilateurs d'énormes in-folio, pleins de bévues de toute eſpece; je vais plus loin, & je ne crains pas d'aſſurer que différens Littérateurs qui réuniroient leurs lumieres, pour corriger les grandes Collections hiſtoriques, théologiques, les Analectes, Spicileges, &c. rendroient à la Littérature un ſervice d'autant plus eſſentiel, que ces grands volumes ſont les ſources où vont puiſer ſans diſcernement & avec la plus entiere confiance, les Ecrivains du ſecond ordre, qui perpétuent ainſi les tenebres & le menſonge.

DUPLESSIS, *Touſſaint*, de la Congrég. de S. Maur. Après avoir donné une liſte incomplette des Ouvrages de ce Bénédictin, Dom Fr... s'exprime en ces termes : » ils ſont pleins de re- » cherches *curieuſes* & *ſavantes*. Par-tout (Du- » pleſſis) ſe déclare ennemi de la ſuppoſition » comme de la falſification. *Nous ignorons l'an-* » *née de ſa mort*; il avoit fait profeſſion *en* 1709. » *Il eſt ſurprenant* que Dom Taſſin *l'ait omis* dans » ſa Bibliotheque de S. Maur ": 1°. une pareille *omiſſion*, de la part de Dom Taſſin, auroit en effet de quoi ſurprendre; mais elle eſt chimérique ; ouvrez ſon Hiſtoire Littéraire, & vous y trouverez, pag. 755-759, l'Article fort étendu de Dom Dupleſſis, Article qui peut ſervir à rectifier les différentes mépriſes de celui de Dom François, & que ce même Dom François oublie qu'il a lui-même copié, pag. 201, ſous le mot CHRÉTIEN DU PLESSIS. 2°. Le P. Dupleſſis avoit fait profeſſion non *en 1709*, mais le 8 Mars 1715, & il mourut à S. Denys le 23 Mai 1764. 3°. Il y a des Recherches dans les Ouvrages de ce Religieux; mais loin d'être *curieux* & *ſavans*, ils ſont tous fort superficiels. MM. Lancelot, Thomé, &c. ont relevé des méprises considérables dans son *Histoire de Meaux*, où il veut réaliser l'existence (au moins fort douteuse) des Fabricateurs de faux Titres dans les Abbayes, les Chapitres & les Corps municipaux vers le XIe. siecle; & où il parle fort désavantageusement du grand Bossuet. L'Abbé Goujet taxe de partialité sa *Description de Normandie*, Ouvrage médiocre que l'Auteur fut obligé d'abandonner, & où néanmoins il faut distinguer (Tom. I, pag. 173 & suiv.) le morceau savant sur le Royaume d'Yvetot; en observant qu'il n'est pas de Dom du Plessis, mais de M. de Foncemagne, de l'Académie Françoise, & de celle des Belles-Lettres. En un mot, les Ouvrages de Dom du Plessis, quoiqu'écrits avec assez de facilité & de pureté, manquent en général de cette exactitude qui fait le principal mérite des Ecrits historiques. 4°. Ce Religieux se nommoit *Toussaint* CHRÉTIEN, & il prit par fanfaronnade, le nom de *du Plessis*, qui lui plaisoit davantage; c'est ce qui est assez connu dans sa Congrégation, & ce qu'assuroient l'Abbé Lebeuf & Dom Vaissette, à qui vouloit l'entendre; Dom Tassin paroît n'avoir pas ignoré le fait, lorsqu'il dit : Dom Toussaint Chrétien, *plus connu sous le nom* de du Plessis. 5°. Je tiens d'un Homme-de-Lettres, à qui Dom du Plessis l'avoit dit lui-même, qu'il ne composa & publia l'*Histoire de Coucy*, que pour témoigner son attachement & sa reconnoissance à son ancien maître, Dom Vincent *Thuillier*, qui étoit né dans cette Ville du Laonois.

EBHERARD *de Fulde*. Il forma le Cartulaire de Fulde : on devoit ajouter que ce Cartulaire a été publié par Jean-Frédéric Schannat, dans son *Corpus traditionum Fuldens*, imprimé à Leipsick en 1724, in-folio.

ECBERT, Abbé de Schonau. » On le soup-

» çonne d'avoir composé les révélations qu'il a » publiées sous le nom de sa sœur Ste. Elisa- » beth de Schonau, & qu'il *a fait imprimer* avec » ses propres Epîtres, *à Cologne en* 1628 « Ecbert vivoit *en 1170*, & il a fait imprimer un Livre *en 1628!* Sous l'Article *Elisabeth* de Schonau, on parle de ces mêmes Révélations (c'est ainsi qu'il faut lire, au-lieu de *Relations*) imprimées en 1628. Elles l'avoient été à Paris dès 1513, avec le *Liber trium virorum & trium spiritualium Virginum*, publié par Jacques le Fevre (*Faber*). Les *Sermones contra Catharos* d'Ecbert, sont imprimés dans les Bibliotheques des Peres. Au-lieu de l'Abbaye de *Meleh*, comme on lit à la fin de cet Article, lisez *Molck* (*Mollicum* en Latin.)

ECCLESIA, *Franç. Scipion* d' » Abbé de Me- » zieres, *Diocese de Langres*, mort le 29 *Août* » 1578 ". L'Abbaye de Maizieres (en latin *Maceriæ*) est dans le Diocese de Châlons-sur-Saône. (Dom Fr... le dit lui-même sous l'Article *Jean le* BOSSU, pag. 139 de ce volume.) Cet Abbé mourut le 23 *Mars* 1578, comme nous l'apprend son neveu François-Augustin *ab Ecclesiâ*, Evêque de Saluces, dont le texte, est rapporté dans le *Gallia Christiana*, Tom. IV. col. 1033.

ECKARD, *Abbé d'Uraugen.* Il se nommoit aussi *Ekkeard* & *Eggehard*, comme l'appelle Dupin. Dom Fr... dit ici que Martenne, dans le Tome V. de sa grande Collection, a imprimé sa relation *de* expeditione *sacrâ Hierosolimitanâ*, il faut lire *de expugnatione.* Sa Chronique se trouve dans le Ier. Tome du *Corpus historicum medii ævi* de J. G. Eccard. Elle va jusqu'à 1139, & non pas seulement jusqu'à 1124. A la page 280, notre Bibl. donne l'Article d'*Egehard*, Abbé d'Uraugen, & conjecture contre Dupin que ce peut être le même qu'*Eckard* : sa conjecture est mal fondée ; il y a eu deux *Eckards* ou *Egehards*,

Abbés de ce Monaſtere, l'un mort en 1130, & l'autre qui vivoit en 1280. C'eſt de ce dernier qu'eſt le Catalogue des Evêques d'Hildeſheim, publié non-ſeulement par le Jéſuite Browerus en 1616, mais par Leibnitz, dans le T. Ier. des *Scriptores Rerum Brunſwic.* Voyez la *Bibliotheca lat. med. ætat.* de Fabricius, Tom. II, pag. 79, Edit. in-4to. De ces deux *Eckards*, notre Bibliographe n'en fait plus qu'un à la p. 284 de ce volume, où il donne à un ſeul EKKEARD d'*Uraugie* les Ouvrages des deux, & où il corrige les fautes de ſon Article *Eckard*, ſans ſe douter qu'il parle du même homme. A l'égard des cinq EKKEARDS de St. Gal, Fabricius (*loco citato*) les fait mieux connoître que notre Bibliothécaire; le 5e. eſt préciſément le même dont celui-ci donne l'Article, pag. 278.

EGBERT, *Archev. d'York.* Il falloit dire qu'on le trouve indifféremment nommé *Ecbert*, *Eckbert*, *Eggberth*, & *Agbert*; c'eſt ſous ce dernier nom qu'a été publié un de ſes Ouvrages dans le Tome VIII. col. 961 des Œuvres de Bede, Edition de Cologne, 1612. Sur ſa perſonne & ſur ſes Ecrits on peut conſulter Fabricius, Tome II, pag. 76 & 77 de la Bibliotheque Latine du moyen âge. Quelques ignorans voyant qualifier Egbert *Epiſcopus Eboracenſis*, en ont fait un Evêque d'*Evreux*. Dans un Voyage littéraire de Normandie, par M. de la Roque, Manuſcrit in-folio, j'ai lu ce qui ſuit : » A la Cathédrale d'*Evreux* on garde un Mſ. du 8e. ou 9e. ſiecle; » in-8vo., contenant *Excerptum de Canonibus Catholicorum Patrum vel pœnitentiæ ad remedium animarum*, *Dni.* EGBERTHI, *Archiepiſcopi*, » *Eburæ civitatis.* ".

EGBERT d'*Hirsfeld.* Sa Vie de St. Heimerade a été publiée dans les *Acta ſanctorum*, Tom. Ve. de Juin, & dans les *Scriptores Rerum Brunſwic.* de Leibnitz, Tom. I. pag. 565; ce qu'il falloit dire. » Il y a apparence que cet Egbert vi» voit dans *le 12me.* ou sur la fin du 11e. sie» cle «. Egbert écrivit cette vie par ordre de son Abbé Hartwic, successeur de Ruothard qui abdiqua en 1072. Voilà une date précise & qui ne permet pas de reculer jusqu'au 12e. siecle l'âge d'Egbert. L'un des Editeurs de cette Vie de St. Heimerade est nommé ici Adolphe *Ouverham*, & au Tome IIe. pag. 359, on l'appelle *Oversham*, & on le dit Editeur de la Vie de St. *Herinerard.*

EGILVARD. Sa vie de S. Burchard a été aussi imprimée par Surius au 14 d'Octobre. Notre Bibliographe ne dit rien de celle de S. Kilian, Evêque de Wirtzbourg, composée par le même *Egilvard*, & imprimée dans les *lectiones antiquæ* de Canisius, dans Surius au 8 Juillet, dans les *Opuscula Theologica* de Nic. Serarius, & dans les *Scriptores Wirtziburgenses* de J. P. de Ludewig. A la fin de cet Article, il falloit renvoyer à celui de *Lutherbechius* qui a mis en vers Léonins ces deux Vies écrites en prose par Egilvard.

ELBENE, *Alphonse* d'. Il étoit à propos d'observer qu'il y a eu *trois* Alphonses d'*Elbene* ou *del Bene*; savoir : 1°. Celui dont il s'agit dans cet Article, qui d'Abbé de Haute-Combe, puis de Maizieres, Diocese de Châlons-sur-Saône, devint Evêque d'Albi & mourut en 1608. 2°. Le neveu du précédent & son successeur au siege d'Albi, mort en 1651. 3°. Le petit neveu du premier qui succéda à celui-ci dans l'Abbaye de Maizieres, qui devint Evêque d'Orléans, & mourut à Paris le 20 Mai 1665. Le plus ancien des trois est celui qui a publié le plus d'Ouvrages. Du Verdier dit dans sa Bibliotheque que son *Amedéïde*, Poëme en langage Savoysien, n'étoit pas imprimé de son tems. Ce Poëme est manuscrit dans la Bibliotheque Royale à Turin, & l'on en donne les premiers vers dans l'excellent Catalogue des Mſſ. de cette Bibliotheque, Partie IIe. pag. 479. Dans ce ſeul Article, il y a trois fautes d'impreſſion, *Fartorius* pour *Sartorius ; Mezieres* pour *Maizieres ; Arlos* pour *Arles.* Notez, en paſſant, que les d'*Elbene* ſont d'origine Italienne, comme l'indique leur nom. Il y a une autre famille Italienne du nom *Ognibene*, que l'on a rendu en latin par *Omnibonus.*

ENGELBERT, *Abbé de l'ordre de Cîteaux.* » Il » a compoſé la vie de Ste. Edwige que *Surius » a publiée* dans ſon Recueil au 15 Octobre «. La Vie de Ste. Edwige, publiée par Surius, n'eſt pas celle qu'avoit écrite Engelbert, mais celle d'un autre Ecrivain qui dit avoir profité des traits les plus remarquables qu'il avoit lus dans l'Ecrit d'Engelbert.

ENGELBERT, *Abbé d'Admont.* Son Article eſt beaucoup mieux fait dans la Bibliotheque Latine du moyen âge de Fabricius. Notre Bibliographe y verra : 1°. qu'Engelbert n'a pas fait une Hiſtoire de l'Empire Romain, mais un Traité *de ortu, progreſſu & fine Romani Imperii*, ſouvent réimprimé, en particulier dans les *Politica Imperialia* de Goldaſt; ce que n'a pas dit Fabricius. 2°. Que le Poëme d'Engelbert ſur le couronnement de Rodolfe d'Habsbourg n'eſt pas *imprimé* parmi les Hiſtoriens d'Allemagne, comme l'ont avancé Cave & Oudin. 3°. Que Pez a publié non-ſeulement dans ſes *Anecdotes*, mais encore dans ſa *Bibliotheque Aſcétique*, différens Ouvrages du même Engelbert. 4°. Que celui-ci n'a pas compoſé une Lettre *ſur les Etudes*, en général, mais ſur ſes propres études & ſur ſes Ecrits. J'obſerve à cette occaſion que j'ai vu à la Bibliotheque Mazarine, (n°. 10599) deux Poëmes latins, imprimés à Leyde en 1509, in-4to. intitulés, l'un *de moribus menſæ*, l'autre *Dialogus de Pane*, par un *Enghelbert* qui pourroit bien être le même que l'Abbé d'Admont. Ces deux Poëmes ne sont pas, il est vrai, indiqués dans le Catalogue que cet Abbé donne lui-même de ses Ouvrages ; mais l'Auteur a pu ne les composer que depuis qu'il eut dressé ce Catalogue.

ENGELHARD, Abbé de Lanckain dans le *troisieme* siecle ; lisez, dans *le XIIIe.* & observez que sa Vie de Ste. Mathilde, a été réimprimée dans les *Acta Sanctorum* des Bollandistes, Tome VII. de Mai.

ERCHEMPERT, *Moine du Mont-Cassin.* Pourquoi ne pas avertir que son Ouvrage a été publié, non-seulement par Camille Péregrin, dans son *Historia Longobardorum*, mais encore par Ant. Caraccioli avec d'autres Chroniques, par Muratori, dans ses *Scriptores Rerum Italicarum*, par Jean-George Eccard, dans son *Corpus historicum medii ævi*, & dans le *Thesaurus Antiquit. & Histor. Italiæ* de Burman ?

ERMANRIC, *Moine de Richenou.* „ Mabillon „ dit qu'il composa un Traité de Grammaire. " Mabillon ne se contente pas d'avancer le fait, il publie des fragmens de ce Traité, dans ses *Vetera Analecta*, pag. 420, Edit. de 1723.

ERMENTAIRE, *Abbé d'Hermoutier*, mourut *en 865*, il étoit Abbé de ce Monastere (*Tournus*) & selon Mabillon, il ne composa le IIIe. Livre de la Translation de S. Philibert, qu'*après l'année 866* ; il ne mourut donc pas *en 865*. Les *trois* (& non pas *deux*) Livres de la Vie & des Miracles de S. Philibert, sont imprimés dans l'Histoire de l'Abbaye de Tournus, par Pierre-François Chifflet, parmi les preuves : Mabillon les a aussi publiés, savoir, le Ier. Livre dans les *Acta SS. Ord. S. Benedicti*, *Sæc. II.* pag. 817 ; & les deux autres, Sæc. IV. Part. I. pag. 539.

ERNULPHE. Outre ses deux Traités publiés dans le Spicilége, Ernulphe composa encore *Collectanea de rebus Ecclesiæ Roffensis* (Rochester) *a primâ ſedis fundatione ad ſua tempora*, imprimés dans l'*Anglia Sacra* de Henri Warton, Tom. I. pag. 329 : Ouvrage dont on ne dit rien ici.

ETHELWOLF, *Moine de Lindisfarn*, vivoit *en 750.* Date fauſſe, quoiqu'adoptée par Baleus, par Pitſeus, par Voſſius & par Du Cange. Cave prouve que ce moine Anglois vivoit vers *820*.

ETHÉRIUS d'Uxam. Il convenoit d'obſerver que l'on trouve ſon nom écrit, ou *Hiterius* ou *Heterius* ; „ il écrivit contre Elipand de Tolede, „ deux Livres que P. Stevartius *a fait* imprimer „ dans ſon *XIIIe. Volume in-folio.*" Qu'eſt-ce que ce XIIIe. Volume in-folio de Stevartius ? Cet Editeur publia l'Ouvrage dont il s'agit à Ingolſtad en 1604, *un ſeul* Volume *in-4to.* ; mais ce même Ouvrage reparut dans les *Lectiones antiquæ* de Caniſius, & dans les Bibliotheques des Peres. Or, dans l'Edition faite à Lyon, de cette Bibliotheque des Peres, qui eſt *in-folio*, l'Ecrit d'Ethérius ſe trouve dans le *XIIIe.* Vol. & c'eſt probablement ce qu'a voulu dire Dom François par ſon *XIIIe. Volume in-folio* de P. Stevartius.

FABRINI, *Sébaſtien.* „ La Congrégation des Sil„ veſtrins.... a fourni un Ecrivain *preſque de nos* „ *jours*, le P. Fabrini, qui fit *imprimer* à Rome, „ *en 1706*, l'Hiſtoire de ſa Congrégation." Cet Ecrivain *preſque de nos jours*, & que l'on dit avoir *fait imprimer en 1706*, vivoit plus de cent ans avant cette Epoque ; puiſque, dès l'année 1600, il publia à Rome un petit in-8vo. Italien, ſur le Jubilé de cette année-là. Comment deviner cette énigme ? Rien de plus facile : Ouvrez l'Ouvrage de Fabrini, imprimé en 1706, & vous y verrez que c'eſt un Ecrit poſthume, publié en 1706 ſeulement, par deux Confreres de l'Auteur.

FARIA Y SOUSA, *de l'Ordre de Chriſt.* Article

estropié : cet Ecrivain est mort en 1649 ; on n'en cite qu'un seul Ouvrage, imprimé en 2 Volumes in-folio. Or, outre son Abrégé de l'Histoire de Portugal, publié à Madrid en 1628, in-4to. 2 Vol. & réimprimé avec les Portraits des Rois de Portugal en 1677, in-folio, on a du même Ecrivain, l'*Asia Portuguesa*, 3 Vol. in-folio, en 1666 & 1675 ; l'*Europa Portuguesa*, 3 Vol. in-folio. en 1678 & 1680 ; l'*Africa Portuguesa*, en 1681, in-folio ; sans parler de ses Notes sur le Nobiliaire de D. Pedro Conde de Barcelos, publiées avec ce même Nobiliaire en 1646 à Madrid.

FERAVI, *Raymond*. Jean de Notre-Dame, & après lui, Du Verdier, nomment ce Troubadour *FéRAUD*, & non pas *FéRAVI*. Sa Vie de S. Honorat, en vers, est remplie de fables. Voyez ce que différens Auteurs ont écrit de Féraud & de ses Ecrits, dans le Catalogue des Mss. de M. de Cambis-Velleron, in-4to. pag. 343 & suiv. Ce morceau curieux prouve combien est superficiel l'Article *Féravi* de cette Bibliotheque-ci.

FERREIRA, *Alexandre*, de l'*Ordre de Christ*, mourut en *1738*. Barbosa Machado, dans sa Bibliotheque des Ecrivains Portugais, dit qu'il mourut en *1737*, & qu'il étoit Docteur en Droit de l'Université de Conimbre : les deux Volumes qu'il donna en 1735, contiennent l'Histoire des Templiers. Dans les Mémoires de l'Académie de Portugal, année 1731, il y a un morceau de cet Ecrivain.

FERREL, *Maur*. Celui-ci étoit Espagnol, & se nommoit *Mauro Ferrer* CASTELLO ; il devoit donc être placé de préférence sous la Lettrine C. Son Histoire de l'Apôtre S. Jacques, est écrite en Espagnol, & parut à Madrid en 1610, in-folio ; ce qu'il falloit dire.

FLORUS, *Religieux de St. Tron*. C'est un être

chimérique que ce Flore prétendu Moine de St. Tron : Trompé par Trithème, Légipont a induit en erreur Dom Fr. Voyez l'Histoire Littéraire de la France, Tom. V. pag. 213 & suiv; on y prouve (pag. 217, 223 & 227) que ce prétendu Moine est absolument le même que Flore, Diacre de Lyon, dont Trithème ayant vu le Commentaire sur les Epîtres de S. Paul, dans un Manuscrit appartenant à l'Abbaye de S. Tron, en a conclu très-précipitamment que l'Ouvrage étoit d'un Moine de cette Abbaye. Flore mourut, non en *850*, comme le dit notre Bibliographe, mais en *859* ou *860*. Je remarque ici par occasion, 1°. que Baluse, dans une Lettre au P. Tournemine, insérée dans le Journal des Savans 1716, pag. 234, donne une Notice du Manuscrit de Florus, qu'il avoit vu à la Grande-Chartreuse. 2°. Que dans les Mémoires de Trévoux (1705, pag. 344) Le P. Ménestrier s'éleve contre l'opinion qui attribue à Florus, Diacre de Lyon, l'Ouvrage contre Jean Scot Erigene, publié par Mauguin; mais le sentiment de Ménestrier n'a pas fait fortune parmi les Critiques.

FORTUNIO, *Augustin.* Outre les Ouvrages cités ici de ce Camaldule, qui mourut en 1596, selon les Annales de son Ordre, Tom. VIII. pag. 189, nous avons encore de lui la Vie du Cardinal Pierre Damien, imprimée, avec les Œuvres de ce Saint, en 1664; & celle de S. Paris de Bologne, publiée dans les *Acta SS.* des Bollandistes, Tom. IIIe. de Juin, & dans le Recueil des Œuvres de Charles Sigonius, Tom. IIIe. Edition de 1733. Sa vie de St. Just & de S. Clément, parut à Florence en 1568, in-8vo.

Fouques ou FOUQUET, *Evêque de Toulouse.* Il est plus connu sous les noms de *Folquet* & *Foulquet.* On peut consulter son Article dans les Bibliotheques Françoises de la Croix du Maine & de du Verdier, Edition in-4to., & y joindre celui de l'*Histoire Littéraire des Troubadours* Tom. I. pag. 179—204. On verra dans ce dernier, ce qu'il faut penser de cette *réputation de grande piété*, dans laquelle mourut Foulquet l'un des plus violens Fanatiques de son siecle.

FRANCON, *Abbé d'Afflighen*. „ Ses 12 Livres „ *de Gratiâ*, furent publiés à Fribourg en 1620. Oui, mais ils l'avoient déja été par les soins de Jean Montanus, Moine d'Afflighen, à Anvers chez Jean Beller, dès 1565, in-12. (chez le Roi, C. N°. 1008) & on les a réimprimés dans les Bibliotheques des Peres; ce qu'il falloit dire. Il doit même exister une Edition fort antérieure de l'Ouvrage de Francon, puisqu'Odon *Cambier*, dans son Abrégé de l'Histoire d'Afflighen, (*Acherii Spicileg.* Tom. II, pag. 777, Edit. in-folio) s'exprime ainsi. „ Varia scripsit (Fran- „ co) in primis de Gratiâ Dei Tomos XII, quos „ tanti semper fecerunt Scriptores, ut *ab ipsis* „ *Impressionis cunabulis* in lucem dederint. " Je ne connois point du tout cette Edition ancienne.

FRASQUET, *Gérard*, *Moine de St. Germain d'Auxerre.* " Il a tiré son nom de l'oubli par „ une Chronique, dont *on garde* un Manuscrit „ à la Bibliotheque du College de Louis-le- „ Grand à Paris. Cette Chronique *finit en 1264*.... „ Elle a été attribuée dans quelques Exemplaires „ à Gérard de *Frachet*, Dominicain, Prieur de „ Limoges; *mais c'est sans fondement*. Peut-être „ l'a-t-il transcrite. " Voilà une décision prononcée hardiment, & qui est démentie par la Bibliotheque historique de la France, (Tom. II. N°. 16898, de la nouvelle Edition) que Dom François fera bien de lire. On y cite jusqu'à huit Manuscrits, qui donnent cette Chronique au Dominicain, tandis qu'il n'y en a que deux qui l'attribuent au Moine de S. Germain; ce qui détermine le P. le Long à croire le Dominicain, Auteur de la Chronique, plutôt que le

Bénédictin. Je ne reproduis point ici ces preuves du P. le Long, parce que son Livre est dans toutes les Bibliotheques. Je me réduis à deux remarques. 1°. L'Abbé Lebeuf, qui avoit de cette Chronique un Manuscrit défectueux au commencement & à la fin, dit qu'on a attribué cet Ouvrage à un Dominicain, mais *qu'il n'y a pas d'apparence de pouvoir le donner à un autre qu'un Auxerrois*. (Voyez *Mémoires sur l'Histoire d'Auxerre*, in-4to. Tom. II. pag. 495 & 496.) Cet Académicien ne parlant que par conjecture, je doute que son sentiment prévaille sur celui du P. le Long, qui est appuyé sur un plus grand nombre de Mss. Au reste, on concilieroit les deux opinions sur ce point, en attribuant la Chronique au Dominicain, & la continuation au Bénédictin Auxerrois. 2°. Quand Dom Fr. écrit en 1777, que *l'on garde* cette Chronique au College de Louis-le-Grand, il induit en erreur ceux qui auroient besoin de la consulter. L'Exemplaire de ce College, ainsi que tous les autres Mss. furent achetés, après le renvoi des Jésuites, par feu M. *Méerman*, Syndic de la République de Rotterdam, après la mort de qui ils ont passé à M. son fils. La totalité de ces Mss. des Jésuites, ne coûta que 15500 l. à M. Méerman, qui, depuis son acquisition, en céda au Roi 39.

FROMONT, *Claude*. „ Dès 1745, il enrichit „ la République des Lettres, *d'un Ouvrage* imprimé à Luques; il en a donné d'autres depuis. " Et de quelle matiere traite cet Ouvrage? C'est ce qu'il falloit dire : je connois de cet Ecrivain, qui se nommoit *Fromond* & non *Fromont*, un Traité Italien de la fluidité des corps, imprimé à Livourne en 1754, in-4to.

FULBERT, Moine de *Gimiez*, Auteur de la Vie de S. Aschard, publiée par Surius. Il y a là deux méprises. 1°. C'est *Jumièges* qu'il falloit dire, au lieu de *Gimiez*. 2°. La Vie de S. Aschard, publiée par Surius, n'est pas de ce Fulbert-là, mais de Fulbert, Moine de S. Ouen de Rouen, qui vivoit à la fin du XIe. siecle. Cette vie, écrite par Fulbert, doit être bien distinguée d'une autre qu'a publiée Mabillon (*Acta SS. Ord. S. Bened. Saec.* 2.) & qui est l'Ouvrage d'un Moine anonyme de Jumiéges, plus ancien d'un siecle que Fulbert, & qui écrivoit avant 950. A l'Article de FULBERT, *Moine de S. Ouen*, notre Bibliothécaire assure qu'il est Auteur de la vie de S. *Aichard*, publiée par Surius. Comment est-il possible de se contredire aussi fortement dans la même page? Si Fulbert, Moine de Jumiéges, est Auteur de cette vie, Fulbert, Moine de S. Ouen, ne sauroit l'être aussi.

GABRIELI. Ce Feuillant, qui devint Cardinal, se nommoit *Jean-Marie*. Pourquoi ne pas dire ses noms de Baptême? Pourquoi altérer le titre de son Ouvrage imprimé en 1686? Cet Ouvrage est intitulé : *Alvearium Clarevallense dogmaticarum veritatum de Romano Pontifice*, &c. C'est ce même *Gabrieli* qui fit imprimer sans nom d'Auteur, & sous le faux titre de Cologne, 1691, un in-4to sous ce titre : *Dispunctio Notarum 40, quas Scriptor Anonymus... Sfondrati Libro.. inussit*.

GAL, S. & GAL, *Abbé de Konigsaal*. Les Articles de ces deux Ecrivains sont infiniment meilleurs dans la Bibliotheque Latine du moyen âge de Fabricius, Tom. III. pag. 13. & 14.

GALLETUS, *Pierre-Aloïse*. Après avoir indiqué un Ouvrage de ce Moine, notre Bibliographe dit : *la Posterité connoîtra les autres*. N'étoit-il pas plus simple de prendre la peine de les citer? Quel est donc l'objet d'une Bibliotheque, si l'on croit pouvoir se dispenser d'y faire connoître les titres des Ouvrages? Ceux de Galleti sont très-nombreux, j'en connois une dixaine, dont l'énumération me meneroit trop loin.

GALLUS, *Thomas*, *Abbé de S. André de Verceil.* Son Commentaire sur le Cantique des Cantiques a été réimprimé sur un Ms. de Molck, dans le *Thesaurus Anecdotorum* de Pez, Tom. II. Part. I. Dom François appelle *Magloire*, l'un des Editeurs de ce Commentaire, qui sous la Lettre M. Tom. II. pag. 149, est nommé *Malgloires;* ce n'est ni l'un ni l'autre; le vrai nom de ce Bernardin étoit *Malgoires.*

GERSON, *Jean*, *Céleſtin* » mort en 1434, est » Auteur de l'*Alphabetum divini amoris*, que son » frere, Chancelier de l'Université de Paris, *a* » *fait imprimer* à la fin de son Traité sur le » Cantique des Cantiques «. Comment Gerson, mort en 1429, a-t-il pu *faire imprimer* un Ouvrage de son frere, puisque l'imprimerie ne fut trouvée en Europe qu'en 1450, au plutôt? Dom Fr... a voulu dire que l'*Alphabetum* a été imprimé avec le Traité sur le Cantique des Cantiques, ce qui est très-vrai; il l'a été aussi à part, dès le XVe. siecle; mais sa réunion avec l'Ouvrage du Chancelier, jointe à l'homonymie des deux freres, a fait attribuer l'*Alphabetum* au Chancelier, quoiqu'il fût du Céleſtin.

GILLOT, *Jean.* » Il revit & corrigea les Œuvres de S. Gregoire-le-Grand & de S. Bernard, qui parurent *en vers* en 1606 «. Je ne sais ce que cela signifie.

GIRONDA, *Dominique.* » Il s'est fait connoître par la Bibliotheque des Ecrivains de son » Ordre, qu'*il a donnée* en un Volume in-4to. « Dom Fr. cite pour garant de ce fait, le Journal des Savans, 1719; j'ouvre ce Journal (pag. 601 de cette année, Edit. in-4to.) & j'y trouve l'Extrait du Livre du P. Ant. *Becquet*, sur les illustres Céleſtins François, Livre qui fut fait à la réquisition de Dominique Gironda, Général des Céleſtins : celui-ci ayant deſſein de donner au Public le Catalogue des Ecrivains *Italiens* de ſon Ordre, deſiroit voir celui des Céleſtins François ; il en écrivit au Provincial de France qui chargea le P. Becquet de ce travail ; c'eſt là tout ce que dit le Journal des Savans, où il n'eſt pas queſtion d'un Ouvrage *donné*, mais ſeulement *projetté* par Gironda. Or je ne penſe pas que ce projet ait été jamais exécuté. Du moins n'ai-je vu le prétendu Livre de *Gironda*, cité dans aucun Catalogue. Fabricius, dans ſa Bibliotheque Latine du moyen âge (Tom. I. pag. 203, Edit. in-4to.) fait une mépriſe encore plus forte, puiſqu'il cite Dominique Gironda pour Auteur du Livre compoſé par Antoine Becquet, & imprimé à Paris *en 1713*, in-4to. ; & qu'il appuie cette citation ſur le Journal des Savans qui, comme je viens de le dire, annonce le Livre imprimé *en 1719*, ſans en donner Gironda pour Auteur.

GOURDIN, *Michel*. Dom Taſſin avoit d'abord dit (pag. 272) qu'il n'y avoit d'autre Ouvrage imprimé de Gourdin, que ſon Apologie du Prince Furſtemberg ; il a corrigé cette mépriſe à la page 794, en annonçant l'Oraiſon funebre de Mde. de Beaujeu, Abbeſſe de Fervaques, imprimée à Amiens en 1701, in-4to. Dans cet Article Gourdin, au lieu de *Wolſgand*, liſez *Wolfgang*.

HEDDIUS ou EDDIUS, *Etienne*. Notre Bibliographe le range ici parmi les Ecrivains dont il *ignore les Ouvrages*, oubliant qu'il a déja donné l'Article de ce Religieux Anglois, ſous le mot EDDIUS, où il a dit que Mabillon avoit publié ſa Vie de S. Wilfrid, Archevêque d'York. Fabricius lui apprendra que cette Vie de S. Wilfrid a été redonnée plus entiere par Thomas Gale, en 1691, dans ſes *Hiſtoriæ Britannicæ Scriptores XV*. In-folio. Voyez l'Article *Eddius* dans la *Bibliotheca Latina med. ætat.*

HERMENTAIRE, *de Lérins.* Son Article dans la Croix du Maine cité par notre Bibliographe, eſt beaucoup plus étendu. La Croix du Maine ne dit point que *nous avons* cette Deſcription des Iſles d'Hières, mais ſeulement qu'Hermentaire *a fait* cette Deſcription, ce qui eſt fort différent. En effet on ſeroit fort embarraſſé de dire où eſt aujourd'hui cet Ouvrage.

HUMBERT, *Cardinal.* Il eſt étonnant que l'on n'ait pas remarqué ici que cet Humbert eſt le premier François, bien connu, qui ait été revêtu de la Pourpre Romaine. Les Auteurs de l'Hiſtoire Littér. de la France, qui ont donné un bon Article ſur cet Ecrivain dans leur Tome VII. pag. 527 -- 542, en ont fait l'obſervation, & ſe ſont beaucoup étendu ſur ſes Ouvrages. Mais en parlant de ſon Traité contre la Simonie, Ouvrage dans lequel Humbert ſe répand en invectives & en imprécations groſſierès contre ſon Roi Henri, on ne peut qu'être ſurpris de les entendre dire que ce Livre eſt *écrit avec un air de piété qui touche, & une certaine politeſſe qui n'étoit pas alors commune.*

JANVIER, *de la Cong. de S. Maur.* Pourquoi ne nous apprend-on pas ſon nom de Baptême? Il s'appelloit *René-Ambroiſe*, & étoit né à *Ste. Oſmanne*, & non pas à *S. Auſone*, dans le Dioceſe du Mans. (Taſſin, pag. 100.) » On lui eſt » redevable des Œuvres *de Celles*, Evêque de » Chartres «. Liſez *de Pierre de Celles*, Evêque de Chartres. A l'Article de celui-ci (Tom. II. pag. 398), après une énumération de ſes Ouvrages, notre Bibliographe s'exprime ainſi: » Outre ces Ouvrages qui ont été *confiés* à la » preſſe, Liron aſſure, dans *ſa Bibliotheque de* » *Clairvaux*, que l'on conſerve de lui un Commentaire ſur Ruth «. 1°. Qu'eſt-ce que la *Bibliotheque de Clairvaux*, par Dom Liron? Certainement il y a ici quelque méprise. 2°. Il faloit observer que Jacques Sirmond, avoit publié 9 Livres de Lettres de Pierre de Celles, à Paris, en 1613, in-8vo. & que Dom Janvier avoit réuni ses Œuvres en un Volume in-4to. qui parut à Paris en 1671.

JEAN *de Pérouse*. » On peut voir ce qu'en » dit Vossius dans son *Histoire des Latins* «. Lisez, dans son *Traité des Historiens Latins*; ce qui est plus intelligible.

JEAN, *de Westminster*. Je ne sais pourquoi il plaît à notre Bibliothécaire de nommer ce Chroniqueur *Jean-Matthieu* : il n'est nommé partout que *Matthieu*, & Dom Fr. lui-même, dans son Tome IIe. pag. 224, où il en donne un Article mieux fait que celui-ci, ne l'appelle avec raison que *Matthieu*. En multipliant ainsi les Articles du même Ecrivain, on parvient à faire de gros Volumes où regne le plus insoutenable désordre. Outre ses *Flores Historiarum*, Matthieu de Westminster a encore écrit les Chroniques des Abbayes de Westminster & de S. Edmond : » autres sources exactes, pures & » pleines de richesses pour l'Histoire entiere de » la Nation «. Et sur quoi est fondé un Jugement si avantageux, puisque ces deux Chroniques n'ont pas été imprimées ? Notre Bibliographe en a-t-il vu & lu les Manuscrits ?

INGIMBERT, *Matthias, Abbé de l'Ordre de Cîteaux*, Auteur d'une *Théologie Cénobitique*, écrite en Italien, est fort mal-à-propos distingué ici d'*Inguibert*, d'abord Dominicain, puis Trapiste, puis Evêque de Carpentras. C'est un seul & même homme; ainsi des deux Articles il falloit n'en faire qu'un. Dans celui de l'Evêque de Carpentras il y a plus d'une méprise. 1°. Il ne se nommoit pas *Inguibert* ou *Imbuibert*, mais *Inguimbert*. Quand il entra dans l'Ordre de Cîteaux il prit le nom de *Malachie*, qu'il a toujours porté depuis, en tête de ses Ouvrages: j'ignore pourquoi notre Bibliographe le nomme *Charles*, puisqu'avant son entrée en Religion, il s'appelloit *Dominique*. 2°. Cet Evêque recommendable par sa science & par sa piété, naquit à Carpentras en 1683, fut fait Evêque de cette Ville en 1735, & mourut le 6 Septembre 1757, après avoir fondé dans sa Ville Episcopale une Bibliotheque publique, bâti un Hopital & enrichi l'Eglise de sa Cathédrale. Toutes ces Epoques devoient être indiquées. 3°. Parmi les Ouvrages d'Inguimbert, notre Bibliographe en oublie quelques-uns, & singuliérement le Recueil des Œuvres du célebre Archevêque de Brague, Barthelemi des Martyrs, dédié par l'Evêque-Editeur à Jean V, Roi de Portugal, & publié à Rome en 1744, in-folio, 2 Volumes. 4°. Au lieu de Nicolas *Baccelio*, lisez Nic. *Bacceti*, (en Latin *Baccetius*) & observez que d'Inguimbert donna en 1724 l'Histoire écrite par ce Religieux.

La suite des Evêques de Carpentras finissant à 1710, dans le nouveau *Gallia Christiana*, on n'y trouve rien sur notre *Inguimbert*: on peut se dédommager de ce vuide en ouvrant le Dictionnaire des Gaules & de la France, de l'Abbé Expilly, qui (Tom. II. pag. 95 & 96) donne un curieux détail sur la personne & sur les Ouvrages de cet Evêque, dont la mémoire est en grande vénération à Carpentras & dans tout le Comtat. Voyez aussi l'*Histoire de la Noblesse du Comté Venaissin*, par M. l'Abbé Pithoncurt, in-4to. Tom. IV. pag. 488.

Itherius, *Moine de S. Martial de Limoges*, » a composé la Chronique de ce Monastere, *que* » *l'on conserve au même endroit* «. Dès 1730, cette Chronique a passé avec tous les MSS. du Chapitre de S. Martial, à la Bibliotheque du

Roi, où elle eſt aujourd'hui ſous le N°. 2400 (*). J'ajoute que cet *Itherius* ſe nommoit *Bernard*, & qu'il étoit Bibliothécaire (*Armarius*) de ſon Monaſtere, circonſtance qui n'étoit pas à négliger. Fabricius a oublié le Chroniqueur Itherius dans ſa Bibliotheque Latine du moyen âge. Il y a encore de lui à la Bibliotheque du Roi (N°. 1813) un Sermon Latin ſur l'Aſcenſion de J. C. & ſous le N°. 2027, un Sermon ſur l'Aſſomption, écrit de ſa main, & dont les Rédacteurs du Catalogue le croient Auteur.

KOPP, *Fridolin ;* » *Religieux* de l'Abbaye de » MUREN, *ſe diſtingue de nos jours* dans la Ré» publique des Lettres. « Fridolin Kopp, né à Rhinfeld, l'une des quatre Villes Foreſtieres, devint Abbé-Prince de Mury en 1751, & il eſt mort le 17 Août 1757, âgé de 67 ans. L'Abbaye de *Muri*, en Suiſſe, eſt devenue ſi célebre par la controverſe ſur les *Acta Murenſia*, que je ne vois pas ſans étonnement ſon nom défiguré, ſoit ici, ſoit ailleurs, par Dom Fr. Voici une idée de cette controverſe. Les Actes de *Muri*, publiés pour la Ire. fois en 1618, in-4to. par les ſoins du ſavant Peireſk, ſous le titre, *Origines Murenſis Monaſterii*, ayant reparu depuis, Marquard Hergott, en attaqua l'authenticité dans le Prolégomene IIIe. de ſa *Genealogia diplomatica gentis Habsburgicæ*, imprimée à Vienne en 1737, in folio, 3 Volumes. Fridolin *Kopp*,

(*) MM. du Chapitre de S. Martial de Limoges, ayant fait imprimer le Catalogue de leurs Mss. (au nombre de 204), dont ils vouloient ſe défaire, le feu Roi les acquit en 1730, pour ſa Bibliotheque, & ce fut M. le Comte de *Maurepas* qui facilita cette acquiſition précieuſe. Quelques autres Mss. du même Chapitre de S. Martial ont paſſé dans le pays étranger. Il y en a un d'Aimar de Chabanois dans la Bibliotheque de l'Univerſité à Leyde, comme on le voit par le Catalogue, pag. 386.

alors ſimple Religieux, & depuis Abbé de Muri, prit la défenſe de ces Actes, dont il redonna une nouvelle Edition (*Vindiciæ Actorum Murenſium*, 1750, in-4to.) Les *Vindiciæ* de Kopp furent attaquées par Ruſten *Héer*, Bibliothécaire de S. Blaiſe, dans un Livre in-4to. imprimé à Fribourg en Briſgaw en 1755, ſous ce titre : *Anonymus Murenſis denudatus & ad ſuum locum reſtitutus*; & Dom *Héer* fut à ſon tour repouſſé par Jean-Baptiſte *Wieland*, Religieux de Muri, mort le 22 Novembre 1763, à l'âge de 32 ans. L'Ouvrage de celui-ci qui paroît avoir terminé la querelle, ne fut imprimé qu'après la mort de l'Auteur, ſous ce titre : *Vindiciæ Vindiciarum Koppianarum ac proinde etiam Actorum Murenſium*. Typis, Baldingeri, 1765, in-4to. Dans quelques Exemplaires de ce Volume on trouve une Diſſertation de M. le Baron de Zur-Lauben, (en François & en Latin) ſur une Charte de l'an 1153, qui prouve qu'Adalbert, Comte de Habsbourg, Biſayeul de l'Empereur Rodolf I, étoit fils de Werner, Comte d'Habſbourg. Par cette Diſſertation, la même qui a paru dans le Tome XXXV, des Mémoires de l'Académie Royale des Inſcriptions, M. de Zur-Lauben a décidé victorieuſement la queſtion ſur la vérité des Actes de Muri. J'avertis en paſſant que nous avons une bonne Hiſtoire de *Muri*, écrite en Allemand, par *Studes*, Religieux de cette Abbaye, & imprimée en 1720, in-4to. Dom Fr. qui n'a point donné d'Article à Ruſten *Héer*, n'oubliera pas ſans doute J. B. *Wieland*, ſous la Lettre W.

Lanne, *Jean de* » a été l'un de ces ſavans » Bernardins qui prouvent que cette *branche* de » l'Ordre de S. Benoît, autrefois ſi *brillante*, » n'eſt pas un *aſtre éteint*, qu'il y reſte de la » lumiere, du feu, &c. « Une *branche brillante* qui n'eſt pas un *aſtre éteint*! Je ne me permets pas de relever les incorrections & les négligences de style dans un Ouvrage de recherches, tel que celui-ci : je ne peux pourtant m'empêcher de dire que très-souvent l'Auteur de cette Bibliotheque s'exprime de maniere à blesser la délicatesse des puristes. On peut lire les Articles MOULLARD (Mathieu) & nombre d'autres. Que seroit-ce si j'indiquois les refléxions usées, triviales dont notre Bibliographe croit devoir charger sa narration? Jettez les yeux sur l'Article *Lardenois*, Celestin, vous y lirez cette maxime neuve : » Chaque homme naît » avec quelque talent capable de le rendre utile » à la Societé, & avec un goût qui décele ce » talent; il s'agit de le suivre. « Lisez l'Article du Feuillant *Lanoue*, il débute par l'observation suivante : » Tous n'ont pas la même me» sure de génie & d'esprit. C'est assez que cha» cun fasse fructifier le talent qui lui est confié. « L'Article *Muller* commence par cette Remarque : » Tous les Ecrivains ne peuvent pas être » des Mabillons, des Montfaulcon, des Cal» met : il suffit que chacun donne ce qu'il est » capable, *en proportion des circonstances* où il » se trouve. « Le préambule de l'Article *Ezelon* n'est pas moins curieux ; le voici : « On » a bien raison de dire que les goûts sont diffé» rens au Moral comme au Physique : Ezelon » étoit Chanoine de la Cathédrale de Liege, » il la quitta & alla endosser le froc parmi » les Moines de Cluny. "

LAPUS, *Abbé de S. Miniat en Toscane*, » fleu» rissoit en 1340... M. Dupin, qui le nomme » Lape *de Chatillon*, dit que ses Ecrits sont per» dus; au contraire, Arn. Wion assure qu'une par» tie a été imprimée en 1589, in-folio. « Et qui a raison, de Dupin ou de Wion? C'est ce que ne dit pas notre Bibliographe, qui attribue à l'Abbé de S. Miniat des Ouvrages qui sont du

Juriſconſulte *Lapus de Caſtiglionchio*, Eleve de l'Abbé. On a confondu le Diſciple avec le Maître, comme ce Diſciple a été lui-même confondu avec un autre *Lapus*, Traducteur Latin de Denys d'Halicarnaſſe & de pluſieurs Vies de Plutarque. Il ſeroit trop long d'établir ici la diſtinction entre ces trois *Lapus*, & d'aſſigner à chacun les Ouvrages qui lui appartiennent. J'aime mieux renvoyer à la Bibliotheque Latine du moyen âge de Fabricius, Tom. IV. pag. 244 & ſuiv. de l'Edition in-4to. Les mépriſes des Bibliographes qui copient ſans diſcuter, ſont innombrables quand ils ont à parler d'Ecrivains Homonymes.

LETALDE. » Sa Vie de S. Julien, 1er. Evê» que du Mans a été impr. à Paris dans la 2de. » Partie de l'Hiſtoire des Egliſes, par BECQUET, « liſez BOSQUET ; & obſervez qu'elle eſt auſſi imprimée dans les *Acta SS.* des Bollandiſtes, Tom. II. de Janvier. Dans ce même Article, au lieu de *Mercy*, liſez *Mici*, en Latin *Miciacum*, Abbaye près d'Orléans, que Dom Fr. appellé *Miciac* (Tom. I. pag. 122.)

MARCAILLE, *Sébaſtien*. Son Hiſtoire du Prieuré de Souvigny (*Sylviniacum*) en Bourbonnois, fut imprimée à Moulins *en 1610* ; & non pas *en 1616* ; c'eſt un Volume in-8vo. de 509. pages, que l'on trouve aſſez difficilement. Au Livre 6e. pag. 275, on y lit la Vie & les Miracles de S. Léger, Evêque d'Autun, tirés en partie de Surius & de Pierre *de Natalibus*. En 1610 Philippe de Birague, Conſeiller & Aumônier du Roi, étoit Prieur-Commendataire de Souvigny, dont il répara l'Egliſe & les bâtimens.

MITTARELLI, *Jean-Benoît*. Pour juger combien cet Article eſt défectueux, il ſuffit de jetter les yeux ſur celui qu'on vient d'en donner dans l'*Eſprit des Journaux*, Août 1778, pag. 249 & ſuiv. on y verra 1°. que notre Bibliographe, eſtropie

estropie les noms de cet Ecrivain. 2°. Qu'en le qualifiant *Religieux Camaldule*, il paroît avoir ignoré que Mittarelli fut élu Général de cet Ordre en 1765, & qu'il est mort en 1777. 3°. Qu'il ne cite de lui qu'un seul Ouvrage, tandis, qu'il y en a au moins *cinq* autres; en particulier ses *Annales Camaldulenses*, en 9 volumes in-folio, dont j'ai déja parlé dans mes 1eres. Remarques, sur l'Article *Costadoni*.

MONTGAILLARD, *Bernard de Percin de*. Il fut un des Feuillans que Jean de la Barriere amena avec lui à Paris. D'abord Royaliste, puis Ligueur outré, il se distingua par des actes d'emportement contre le Roi son Bienfaiteur & son Maître. Avant son decès il ordonna qu'on brulât tous ses Ecrits; mais Dom Fr. a tort de conclure de-là, qu'*il ne* nous *en reste* aucun. On a de ce Fanatique une Lettre insolente au Roi Henri III, qui fut imprimée à Paris chez Nivelle & Thierry en 1589, in-8vo. de 53 pages, sous ce titre: *Réponse de Don Bernard, Doyen de l'Oratoire de S. Bernard des Feuillans-lès Paris, à une Lettre à lui écrite & envoyée par Henri de Valois*. C'est un chef-d'œuvre d'impertinence & de dureté. Ce Moine violent s'y permet des invectives contre son Souverain, & lui conseille même d'embrasser le Monachisme, la seule voie qui lui reste pour obtenir la rémission de ses péchés. J'ai vu dans plusieurs Bibliotheques l'Edition originale de ce Libelle; qui a été réimprimé, il y a quelques années, comme un morceau Anecdote, sur une copie manuscrite. Dom Bernard est connu dans les Ecrits du tems, sous les noms de *Petit Feuillant* & de *Valet de la Ligue*.

MULDRAC, *Antoine*. Il y a sur ce Bernardin un Article curieux dans l'*Histoire du Duché de Valois*, par l'Abbé Carlier, Tom. III. pag. 92-95; l'on y verra, 1°. que Muldrac, né à Compiegne le 23 Septembre 1605, fit profession à Longpont en 1622, qu'il fut ensuite Prieur de cette Abbaye, & qu'il mourut en 1667. 2°. Que l'un de ses Ouvrages n'est pas intitulé *le* PALAIS *Royal*, mais *le* VALOIS *Royal*, petit in-8vo. de 170 pages, imprimé à Bonne-Fontaine en 1662, qui n'est pas une nouvelle Edition du *Valois Royal* de Bergeron, comme l'ont dit le P. le Long & d'autres après lui. 3°. Que Muldrac a laissé deux Ouvrages Mss. dont notre Bibliographe ne dit rien ici.

NITHARD, *neveu* de Charlemagne & *Abbé de S. Riquier*. 1°. Nithard étoit fils d'Angilbert & de Berthe, fille de Charlemagne : il n'étoit donc pas *neveu*, mais petit-fils de ce Prince. J'observe à cette occasion la méprise de Mezeray qui, après avoir compté Berthe, épouse du Comte Angilbert, parmi les enfans légitimes que Charlemagne eut d'Hildegarde sa 2de. femme (pag. 480 & 482), dit ensuite (pag. 489) qu'Angilbert avoit épousé *une fille naturelle* de ce Monarque. Voyez *Abrégé chronologique de l'Histoire de France*, Édit. de Paris, 1717, in-4to. 2°. Les Auteurs de l'Histoire Littéraire de France pensent que Nithard ne fut jamais Abbé de S. Riquier, ni par conséquent Bénédictin, ce qu'ils prouvent assez bien (Tom. V. pag. 204 & 205): par conséquent Nithard ne devoit pas avoir place dans cette Bibliotheque; ou du moins, il falloit avertir que sa Profession monastique étoit fort douteuse. 3°. Ce *Nithard* est le même que *Guétard*, Historien François dont parle fort vaguement du Verdier, qui a été suffisamment éclairci sur ce point par la Monnoye. (*Bibliotheque Françoise* de du Verdier, Tom. II. pag. 59, Edit in-4to.) 4°. Outre les Editions données par Pithou, Duchesne & Kulpis, des 4 livres Historiques de Nithard, il y a encore celle de Dom Bouquet, dans son Recueil des Histoiriens de France, Tom. VI. pag. 67, & Tom. VII. pag. 10. 5°. Angilbert, pere de Nithard, est le même dont j'ai parlé sur l'Article *Arnon*, & à qui Alcuin adresse ses Lettres 22 & 23 (Tom. I. pag. 32 & 33 de la derniere Edition des *Alcuini Opera*). Angilbert étoit surnommé *Flavius Homerus*, comme Alcuin portoit les noms de *Flaccus Albinus*, Charlemagne celui de *David*, Riculfe, Archevêque de Mayence, celui de *Damoetas*. Après avoir eu deux enfans de Berthe sa femme, Angilbert, avec l'agrément de Charlemagne & de Berthe, se retira à S. Riquier, dont il étoit Abbé dès 794. Voyez son Article dans le Tome IV. pag. 414 de l'Histoire Littéraire de la France.

ODON *de Deuil*, en Latin ODO *de Deogilo*. Il tira son surnom, de *Deuil*, dans la vallée de Montmorency près St. Denys, où il étoit né. Notre Bibliographe le qualifie d'*Aumônier* & de Secrétaire de Louis VII. Il falloit dire *Chapelain*. L'Histoire de la Croisade, qu'il écrivit à Compiegne, a été publiée par Chifflet, dans son Traité intitulé : *S. Bernardi genus illustre assertum*. Divione, 1660, in-4to. Comme Odon ne quitta point Louis VII dans tout le cours de son expédition, son Histoire mérite croyance sur tous les détails qu'il nous donne de la piété de ce Monarque ; ensorte que l'on est surpris de voir Baronius rejetter les malheurs de cette Croisade sur les péchés prétendus de Louis, qu'Odon nous peint comme très-fidele à toutes les pratiques de la Religion : mais Baronius voulant justifier le Pape Eugene & S. Bernard, n'a pas trouvé de meilleur moyen que l'inculpation contre Louis VII.

Quand Odon eut été nommé, en 1152, Abbé de St. Denys, quelques-uns de ses Moines l'accuserent de dissiper les biens de cette riche Abbaye ; mais il fut justifié sur ce point par trois Lettres de S. Bernard, qui parle de cet Abbé comme d'un homme irréprochable. Il mourut non *en 1168*, comme dit notre Bibliographe, mais *en 1162*, ſelon le *Gallia Chriſtiana*.

ORDERIC VITAL. Il y a ſur cet Auteur & ſur ſon Hiſtoire Eccléſiaſtique un Article très-curieux dans le Tom. XII. pag. 190-203 de l'*Hiſtoire Littéraire de la France :* on y fait connoître pluſieurs Mss. de cette Hiſtoire qui ſont rares. Il ſeroit fort à deſirer que l'on en donnât une nouvelle Edition plus exacte que celle de Ducheſne.

PASCASE RADBERT. L'Article de ce St. Abbé de Corbie eſt fort bien fait dans l'Hiſtoire Littéraire de la France par les Bénédictins, Tom. V. pag. 287-314. On y donne une bonne Notice de ſes Ecrits & des Editions qui en ont été faites. Notre Bibliographe compte parmi les Eleves de Paſcaſe, un Evêque de Beauvais qu'il nomme *Hildemar ;* il faut lire *Hildemanne* ou *Hildeman*, comme il écrit lui-même ce nom ſous l'Article *Adalhard*.

PIERRE, *Moine de Maillezais.* » Il a compoſé » l'Hiſtoire de l'Abbaye de *S. Pierre* de Maille-» zais. « Liſez de St. *Maixent.* » Labbe a donné » ſon Ouvrage ; *il* a retouché la Vie de S. Ri-» gobert. « C'eſt dans la *nova Bibliotheca Mss.* In-folio. Tom. II. pag. 222 & ſuiv. que Labbe a publié cet Ouvrage. Pourquoi ne pas le dire ? Cet IL *a retouché*, tombe fort mal-à-propos ſur Labbe, puiſque c'eſt Pierre lui-même qui a retouché cette vie. Dans ce même Article au lieu de *Mulleacenſis* liſez *Malleacenſis*. Ceci me rappelle une faute d'impreſſion répetée deux fois à la page 98 du Tome Ier. où au lieu de Baudry de Maillezais on lit *Maillefais*, & où *Malleacum* (*Maillezais*) eſt traduit *Malleac*.

RAPHAEL *de Beauchamps*. Répétition inutile & tronquée de l'Article *Beauchamp* qui eſt ſous la lettre B. Tom. I. pag. 99. Comment Dom François ne s'en eſt-il pas apperçu? Comment ſe peut-il faire qu'il diſe vaguement ici que Raphael *floriſſoit vers l'an 1633* après avoir dit qu'il étoit né à Douay en 1571, qu'il avoit fait Profeſſion a Marchiennes en 1586, &c. A la même page 451, il donne l'Article RAPHAELI CASTRUCCIO, & cite le Catalogue des Ecrivains Florentins par Michel *Poggi* (au lieu de dire *Poccianti*); oubliant que ſous la Lettre C, il a déja dreſſé ce même Article. A la vue de pareilles répétitions, ne ſeroit-on pas porté à croire que cette Bibliotheque a été rédigée par différens Compilateurs qui, après s'être partagé les Letttres de l'Alphabet, n'ont pas pris la peine ſi facile de comparer leur travail, pour vérifier ſi les Auteurs placés ſous une Lettre par celui-ci, ne l'auroient pas été ſous une autre par celui-là?

RENÉ, Bénédictin de Vendôme, autre répétition tronquée de l'Article MAÇÉ de la page 139 du même Volume.

RATHIER, *Evêque de Vérone.* Il fut trois fois chaſſé de ſon Siege de Vérone, & ne put pas ſe maintenir plus de deux ans ſur celui de Liege, auquel il fut auſſi nommé. Cette ſingularité méritoit d'être remarquée. Son Article dans les *Délices de Liege*, in-folio, Tom. V. Part. I. pag. 85, eſt curieux. Au lieu de l'Abbaye de l'*Aube*, liſez *de Lobbes*.

RAULIN, *Jean*, Cluniſte. Rien n'eſt moins exact que la notice des Ouvrages de cet Ecrivain & de leurs Editions. Son Diſcours ſur la réforme du Clergé ne parut pas à Bâle en *1478*, mais en *1498*, chez Bergman de Olpe. Les Sermons de Raulin ſont preſqu'auſſi ridicules que ceux de Menot & de Maillard; j'en ai vu une Edition de Paris 1524, in-8vo. 2 Volumes. Ses Lettres remplies de lieux communs de morale, ſont bien vuides de faits & n'apprennent rien. On les recherche pourtant. Au ſurplus, on peut voir un curieux détail ſur les Ouvrages de Raulin, dans l'Hiſtoire du College de Navarre, par Jean de Launoy, pag. 617 & ſuiv.

REINER, *Moine de St. Laurent de Liege.* Cet Article eſt tronqué; Dom Fr. n'y diſtingue pas les Ouvrages imprimés de *Reiner*, d'avec ceux qui ſont reſtés manuſcrits. Il n'indique même point ſon Livre *de claris Scriptoribus S. Jacobi Leodienſis*, publié dans le *Theſaurus Anecdotorum* de Pez. Fabricius eſt infiniment plus exact dans l'Article qu'il a donné ſur cet Ecrivain, Tom. VI. pag. 63, de ſa Bibliotheque Latine du moyen âge.

RICHARD *de S. Ange*, Cardinal. RICHARD *de S. Ange*, Abbé à Padoue, & RICHARD *de S. Ange*, Moine du Mont-Caſſin. J'ai lieu de penſer que ces *trois* Ecrivains ſe réduiſent à deux, & que le 1er. & le dernier ſont un ſeul & même homme qui, de Moine du Mont-Caſſin, devint Abbé, puis Cardinal; peut-être même y a-t-il ici quelque confuſion de la part des Auteurs ſuivis par Dom Fr., & ne faut-il admettre qu'un ſeul *Richard*, Moine de Caſſin, Auteur d'un Commentaire ſur la Regle de St. Benoît, dédié au Cardinal Landulfe de S. Ange. C'eſt ce que je ne ſuis pas dans le moment à portée de vérifier.

RIVET, *Antoine.* Son Article eſt copié exactement dans Dom Taſſin, ce qui eſt ridicule dans une Hiſtoire générale des Ecrivains de l'Ordre, où il étoit inutile de redonner la Notice de chaque volume de l'Hiſtoire Littéraire de la France. En outre, Dom Taſſin ayant jugé à propos de placer à la ſuite de Rivet, ſes Continuateurs Doms *Clemencet* & *Clément*, Dom Fr. ne devoit pas coudre leurs Articles au premier, puiſqu'il les avoit déja donnés, à la vérité très-imparfaitement, sous la lettrine C. Pour connoître ces derniers Ecrivains, il faut donc lire leur Article deux fois.

ROSWITE. A ce que j'ai dit sur cet Article, dans mes premieres Remarques, on peut ajouter qu'il y a une fort bonne Notice de l'Edition, faite à Nuremberg en 1505, des Œuvres de cette Religieuse, dans Gundling, *Observationes selectæ*, Tom. I. pag. 12.

ROTTIGNI, *Constantin*. Ce Religieux qui se nommoit *RoTigni*, né en 1696, mourut le 20 Avril 1776. Son Eloge historique inséré dans l'*Esprit des Journaux*, 1778, Août, pag. 246 & suiv., prouve combien l'Article qu'en donne Dom Fr. est inexact.

RUPERT, *Abbé de Tuyts*. Son Article, quoique assez bien fait, seroit encore meilleur si notre Bibliographe eût consulté celui de l'Histoire Littéraire de la France, Tom. XI. pag. 422 — 587, auquel il pouvoit joindre les *Délices de Liege*, in-folio, Tom. V. Part. I. pag. 93. Le Traité des divins Offices de Rupert fut traduit en François, par Jean *Bouillon*, & imprimé à Paris en 1572, in-8vo. Il paroît par un des Ouvrages de cet Ecrivain, que la rivalité entre les Chanoines Réguliers & les Moines est fort ancienne. Voyez le 4eme. Livre de son Ecrit *sur quelques Chapitres de la Regle de St. Benoît*.

RUPERT, *Abbé de Limbourg*. Celui-ci avoit étudié à Paris, ce qu'il étoit bon d'observer. Voyez du Boulay, *Hist. Universit. Paris*. T. II. pag. 774. *Rupert* est le même nom que *Robert*, que l'on trouve aussi écrit *Rubert*; faute d'avoir fait cette attention, Dom Fr. distingue mal-à-propos *Robert*, Abbé du Mont-Cassin (pag. 492) de *Rupert*, Abbé du même lieu (pag. 536).

ME VOICI parvenu à la fin du second Volume de cette Bibliotheque : après en avoir relevé plusieurs Articles, je ne crains pas d'assurer que je n'ai pas noté la moitié de ceux qui méritoient la censure ; ensorte que si Dom François juge que j'ai trop multiplié mes observations, les Lecteurs instruits qui auront vu son Ouvrage, pourront bien blâmer le silence que je garde sur une multitude d'autres Articles très-fautifs, qui méritoient également mon attention; mais outre que je ne me suis pas proposé de relever toutes les méprises de ces deux Volumes, ce qui m'auroit mené trop loin, mes Remarques étant destinées à paroître dans un Journal, il falloit nécessairement me borner. Je finis donc par quelques Observations générales qui méritent une attention plus particuliere.

I. *Mauvaise distribution dans la nomenclature.* En donnant les Articles des Ecrivains, tantôt sous leurs noms de Baptême, tantôt sous leurs noms propres, & quelquefois même sous le nom de leur Pays ou de leurs Monasteres, Dom Fr. a jetté dans son ouvrage une confusion, un désordre insupportables. Si je veux consulter sa Bibliotheque sur un Ecrivain, où le chercherai-je? Est-il sous son nom propre ou sous son nom de Baptême? Je desire voir l'Article de Dom *Baurain ;* ne le trouvant pas sous la Lettre B, où il devroit être, je suis tenté de croire que Dom Fr. a oublié cet Ecrivain; pour m'en assurer, il faut que je sache que BAURAIN se nommoit *Fursi*, & que j'aille chercher sous la Lettre F, où en effet il se trouve placé, tandis que *Fursi* CLÉMENT se trouve sous la Lettre C. Pourquoi cette différence? Ce désordre dans la nomenclature a entraîné l'Auteur dans un plus grand inconvénient, celui de doubler & de tripler les Articles des mêmes Ecrivains, en les plaçant, soit à leurs noms propres, soit à leurs noms de Baptême. Voici ceux des Articles ainsi multipliés, que je n'ai pas eu occasion de relever précédemment. *Angelus* de Nuce, Tom. I. pag. 57, & Tom. II. pag. 334 & 342. — André Silvius & *Bois* (André du) pag. 52 & 133 du Tom. I. — Baudri de Maillefais (lisez *Maillesais*), & Baudri de Lagny à la même page 98. — Berengaudus & Bernegaud, pag. 113 & 119. — BRÉARD, (Jean-Alexis) pag. 149 du Tome Ier. & pag. 411 du Tome IIme. — CALDERON de Castillo, & CASTILLON *Carderon*, pag. 167 & 185 du Tome Ier. [ces deux Articles se contredisent.] CAMP, *Eberhard de*, pag. 170 & 276. — CLAUDON, *Barthelemi*, pag. 95 & 206. — COUSSERE, *Anian*, pag. 58 & 224. — Cropfius, pag. 229, du Tome Ier., le même que KROPFIUS, pag. 22 du Tom. IIme. — DONIS, *Nic. de*, Tom. I. pag. 258, & Tom. II. pag. 330. — *Easton*, Evêque de Londres, pag. 274, le même qu'ADAM *Eston*, des pages 6 & 7. — Ecbert, pag. 277, & Egbert, pag. 279. — EDDIUS, *Stephanus*, pag. 278, le même qu'*Heddius* de la page 462. — Egbert, Archev. de Cantorbery, pag. 277, le même qu'Egbert, Arch. d'Yorck, pag. 280. — Egbert, Evêque Régionnaire, page 279, le même qu'EGBERT, Evêque de Lindisfarn, pag. 277. — Fortet, Jacques, Tom. I. pag. 335, & Tom. II, pag. 190 note. — FOUCHER, Moine à Chartres, pag. 336, & FULCHERIUS, Moine de Chartres, pag. 350. [Il est douteux qu'il fût Moine; voyez Fabricii, *Bibl. Lat. med. ætat.* Tom. II. pag. 214.] Galterius, Adr. pag. 357, double d'Adrien Galtere, de la page 16. — GAUFRIDE de VOSE, page 363, le même que GEOFFROI du Vigeois, page 372 (*). — Gauthier de Morlan, Tom. I.

(*) L'Abbaye du *Vigeois* en Limosin, & la Chronique de *Geoffroi*, Prieur de ce Monastere, sont assez connues pour que l'on ne dût pas s'attendre à trouver dans l'Ouvrage d'un Bénédictin ce GAUFRIDE de VOSE.

pag. 364, & MORGAN, Gauthier, Tom. II. pag. 307. -- Gazée, Alard, pag. 26 & 364 du T. Ier. -- GORDON, *André*, & André Gordon, pag. 55 & 405. -- Grillo, Ange, Tom. I. pag. 423, le même que *Grillus*, pag. 478, & qu'ANGELUS *Grillus* des pages 56 & 57. [A ma premiere lecture, je ne l'avois vu que deux fois.] -- GUGGER, *Athanase*, pag. 80 & 434. [Le IIme. Article est curieux à lire.] -- HAIMOND, Evêque d'Halberstat, pag. 455, le même qu'AIMON de Fulde, page 24. -- HAPPARD, *Adulphe*, pag. 17 & 458. -- HUBERT *d'Assonville*, pag. 510, le même qu'ASSONLEVILLE, *Hubert* d', pag. 80. -- HUEBER, *Apronian*, pag. 67 & 511. -- JEAN *Amundisham*, pag. 533, le même qu'AMUNDISHAM, *Jean*, pag. 51 -- JEAN, Moine de Berg-St.-Vinox, pag. 536 & 542. [Ici cet Auteur est nommé *Joannes Sti. Ninoci*, au lieu de *Vinoci*.] -- INGELRAM, Abbé de S. Riquier, Tom. II. pag. 5, le même qu'ANGELRAN, Tom. I. page 56. -- LANGLOIS, *Adrien*, Tom. I. pag. 16, & Tom. II. pag. 41. -- LEBLANC, Tom. II. pag.

Au reste Dom Fr. n'est pas le seul de sa robe qui ait fait la même bévue; dans la Vie de Pierre le vénérable, Dom Clémencet cite aussi Geoffroi, Prieur de VOSE. Cette Chronique de Geoffroi du Vigeois, publiée par le P. Labbe, (*nova Bibl. Mss.* in-folio, Tome II. pag. 279) est fort curieuse. Elle commence à l'an 996, & finit à 1184. Geoffroi dit lui-même qu'il écrivoit en 1183, & qu'alors il avoit accompli cinq ans de son Priorat du Vigeois; par conséquent il avoit été nommé à ce Prieuré en 1178. Cette Note servira à indiquer les méprises de Dom François, aux deux Articles qu'il donne sur Geoffroi. On peut voir sur l'Abbaye du Vigeois, Diocese de Limoges, le Tome IIeme. col. 593, du *Gallia Christiana*. Le Théologien Honoré *Tourneli* fut nommé, en 1707, à cette Abbaye du Vigeois (*Vosium S. Petri*, aliàs *S. Mariæ Vosiensis*); mais il la rendit au Roi, qui, quelque tems après, lui en donna une autre.

52, & Tom. I. pag. 129. -- LYMBORGH, pag. 87 du Tom. IIeme., le même qu'ALOYS. *de Limbourg*, Abbé de S. Gilles de Liege, Tom. I. pag. 40. [Au IIeme. Article, Dom Fr. reconnoît que cet Abbé étoit Chanoine Régulier.] -- METELLUS, *Quintus*, Tome II. pag. 250 & 437, au mot QUIRINI. [Sous le Ier. Article, Dom Fr. dit ce Moine Auteur des Eloges du Martyr S. Quirin, en vers, intitulés, *Quirinales*, & publiés par Canisius : sous le IIeme., il cite *Canisius* dans la Préface des *Quirinals* ou FÊTES DE ROMULUS, publiées par CE PERE JÉSUITE; où l'on voit S. *Quirin*, *Martyr*, changé en *Fêtes de Romulus*, & Henri *Canisius*, Professeur de Droit Canon à Ingolstad, pris pour Pierre *Canisius*, Jésuite, qui étoit oncle de Henri.] MILON. *Quirin*, pag. 260 & 437 du Tome IIeme. -- ODON, *Camerius*, pag. 347 du Tom. II, le même que CAMBIERE, *Ode*, page 170 du Ier. T. -- OLBERT, Tom. II. page 351, double d'ALBERT de Gemblours du Tome Ier. page 27. [Je le soupçonne le même qu'ALBERT *de Liege*, indiqué à la page 28 d'après Ducange. Au reste, sous le mot *Olbert*, Dom Fr. dit ce Religieux, Auteur d'une Vie de S. *VerAR*; c'est *VerON* qu'il faut lire, comme notre Bibliographe l'écrit lui-même, à l'Art. GERBERON.] -- PERFETTI, Ange, Tome II. page 377, le même qu'Angelus Perfectus, du Tome I. page 57. -- PFERINGEN, *Anne*, Tom. II. pag. 389, & Anne Pferingerin, Tome I. pag. 59. -- QUIRINI, *Rest.* Tom. II. page 437 & 465. -- QUIRINI, *Anne* (lisez *Ange*) Tome II. pag. 436, & Tom. I. pag. 57. -- ROBART, pag. 491 & 520 du Tome IIeme. -- RUMPLERUS, Tom. II. pag. 522, & Tom. I. pag. 57. -- RUTHARD, *Moine d'Hirsauge*, pag. 538, le même que RUTHARD *de Fulde*, page 539, du Tome IIeme. &c. &c.

II. *Bénédictins factices.* Dans mes 1eres. Remarques j'ai cité *Geroch*, Chanoine Régulier, *Hanape*, Jacobin, *Luscinius*, Chanoine Séculier, donnés par Dom Fr... pour Bénédictins, quoiqu'ils n'ayent jamais appartenu à cet Ordre. Je pourrois en citer bien d'autres encore; mais je me borne à cinq ou six; savoir BILIUS, *Jacques*; BOSSUET, *Jean*; BOYS, en latin BOSCHUS, *David*; CASTEL, *Perard*; & PURICELLI, *Jean-Pierre*. *Bilius*, est Jacques de BILLY qui ne fut jamais Bénédictin, non plus que son frere Jean. Celui-ci possédoit les Abbayes de S. Michel en l'Erm, de S. Leonard de Ferrieres & de N. D. des Chastelliers, en 1535, 1543, & 1547. Il se démit de ses Bénéfices, & se fit Chartreux. Jacques son cadet lui succéda dans deux de ses Abbayes, mourut à Paris le 25 Décembre 1581, & fut enterré à S. Séverin. On lit son Eloge parmi ceux de Gaucher de Ste. Marthe, Liv. III.; il n'appartenoit point du tout à l'Ordre de S. Benoît. A l'égard de Geoffroi de Billy, 3e. frere des deux précédens, il avoit été Moine à S. Denys; mais Dom Fr. le dit mal-à-propos Abbé de *S. Jean* de Laon. Il eut les Abbayes de *S. Vincent* de Laon & de S. Jean d'Amiens, & devint Evêque de Laon, en 1601. Voyez le *Gallia Christiana*, Tom. II, col. 1421, & Tom. IX, col. 556 & 586. Outre que Jacques de Billy ne devoit pas se trouver dans cette Bibliotheque, pourquoi le nommer *Bilius* dans un Ouvrage François, & le séparer de l'Evêque de Laon son frere, que l'on appelle *Billy*? Ces trois freres, *Geoffroi*, *Jean* & *Jacques* de Billy, ont chacun leur Article dans les Bibliotheques Françoises de la Croix du Maine & de Du Verdier, qu'il faut rectifier par les mémoires de Niceron, Tom. XXII.

A l'égard de Jean BOSSUET, *Bénédictin*, on ne sait de quel Monastere, Dom Fr. lui attribue (d'après un Catalogue de Libraire) un Livre imprimé à Anvers, intitulé *Expositio Doctrinæ Catholicæ*. Or il est évident que ce Livre n'est autre chose que la Traduction Latine de l'Exposition de la Doctrine par *Bossuet*, faite par Claude Fleury, & imprimée à Anvers, en 1678, in-12. & que le Bénédictin *Bossuet* n'est autre que le célebre Bossuet, Evêque de Meaux. C'est de même sur la foi d'un Catalogue de Libraire, que Dom Fr... cite parmi les Ecrivains de son Ordre CARON, *Raymond*, dont il dit ne savoir rien autre chose, sinon que ce (prétendu) Bénédictin, fit imprimer à Paris en 1660 des *Controversiæ contra Infideles*. Ce *Caron* étoit un Cordelier Irlandois, dont les *Controversiæ*, ainsi qu'un autre Ouvrage imprimé à Anvers en 1653, sont chez le Roi, D. nº. 8059. Wading, dans ses *Scriptores Ord. Minorum*, n'en dit rien ; mais Jean de St. Antoine lui donne un Article, T. III. pag. 34 de sa *Bibliotheca universa Franciscana*, in-folio.

Pour David *Boys*, en latin *Boschus*, Fabricius, d'après Leland, Balée & Pitseus, le fait Carme & même Prieur dans son Ordre. Voyez *Bibl. lat. med. ætat.* Tom. II. pag. 15, & sur-tout la *Bibliotheca Carmelitana*, imprimée à Orléans en 1752, in-fol. col. 379 & 380, où l'on indique les Ecrivains qui ont parlé de David Boys, Carme de Glocester, mort en 1450.

Pérard CASTEL, qualifié *Archiviste de S. Benigne de Dijon*, est encore un Bénédictin de la création de Dom François. Pérard Castel, Avocat au Grand-Conseil & Banquier expéditionnaire en Cour de Rome, mourut en 1687, après avoir publié les définitions du Droit Canonique & d'autres Ouvrages ; il étoit de Vire en Normandie. Un Etienne Pérard, Maître des Comptes à Dijon, mort en 1663, à l'âge de 73 ans, avoit formé un *Recueil de plusieurs Pieces curieuses servant à l'Histoire de Bourgogne*, publié par son fils, Conseiller au Parlement de Dijon, en 1664, in-folio. J'ignore quel est celui de ces *Castels*, qu'il a plu à Dom François de donner à son Ordre. Pour son Dom *Maurice*, de la Congrégation *du Mont Cassin*, *qui vit encore*, c'est évidemment le même que Dom MORICE, de la Cong. *de S. Maur*, dont il donne l'Article, (pag. 308) & qui mourut en 1750.

Enfin, PURICELLI, *Jean-Pierre*, dont il plaît à Dom François de faire un Bernardin, ne le fut jamais, & n'appartint même à aucun Ordre Religieux, puisqu'il posséda la Prébende théologale de l'Eglise Collégiale de S. Thomas à Milan, & d'autres Bénéfices séculiers. C'est lui dont Frédéric Borromée se servit utilement pour la réformation du Missel & du Bréviaire Ambrosiens. Outre les *Ambrosianæ Mediolani Basilicæ monumenta*, publiés en 1648, in-folio, & réimprimés dans le Tome IV. Part. Iere. du *Thesaurus Antiquitatum* de Grævius, il a donné un très-grand nombre d'Ouvrages, dont Argelati donne la liste, Tom. II. col. 1137 & suiv. de sa *Bibliotheca Scriptorum Mediolanensium*.

III. Si notre Bibliothécaire a revêtu de la coule plusieurs Ecrivains qui ne la porterent jamais, en revanche il en a oublié plusieurs qui appartenoient réellement à son Ordre, & qui, par conséquent, devoient avoir leur place dans son Ouvrage. J'ai cité à l'avant derniere page de mes Ieres. Remarques, plusieurs Bénédictins Ecrivains qu'il a oubliés; il seroit facile d'augmenter beaucoup cette liste d'omissions, mais je dois me borner; ainsi sans parler des Apostats Bénédictins qui ont publié des Ouvrages, mais que l'Ordre de S. Benoît désavoue (*), je me réduit

(*) La seule Congrégation de S. Maur en a produit trois fort connus par leurs Ecrits, savoir *Gueudeville*, le Docte *la Croze*, & l'Abbé *Prévôt*, dont les Roà ceux-ci. ANSART, *André-Joseph.* Dom Taſſin (pag. 752) parle de lui, indique un de ſes Livres imprimé en 1769, & annonce qu'il devoit en publier d'autres, qui ont paru depuis 1770. Dom Anſart a quitté récemment la Congrégation de S. Maur, pour paſſer dans l'Ordre de Malthe. -- BEDOS *de Celles, Jean-Fr...* Son Article eſt dans l'Ouvrage de Dom Taſſin, p. 795 & 796. -- BILLOUET (Philippe); Taſſin a tort de dire (pag. 430) qu'*il n'a publié aucun Ouvrage;* c'eſt lui qui eſt Auteur d'une Lettre raiſonnée ſur le Songe du Vergier, imprimée en tête de cet Ouvrage dans le Traité des *Droits & Libertés de l'Egliſe Gallicane*, Tom. II. Edit. de 1731, où elle eſt mal-à-propos attribuée à M. de la Monnoye. Voyez le Catalogue de la Bibliotheque de Bonne-Nouvelle d'Orléans, imprimé en 1777, in-4to. pag. XXIV, 73 & 74. -- FOSSATI (*Jean-François*) Milanois, Abbé de la Congr. du Mont-Olivet, puis Evêque, mort en 1653; ſes Ouvrages ſont indiqués dans Argelati, *Biblioth. Scriptor. Mediolanenſium*, Tom. I. col. 643. -- FRANCHI (Félix-Amédée), Moine de Caſſin, Académicien Florentin; il vivoit encore en 1758, qu'il publia un Ecrit in-4to. intitulé : *I preggi della Poeſia.* -- FREUX (René des) en Latin *Fruzeus.* Voyez ſon Article dans les Bibliotheques Françoiſes de la Croix du Maine & de Du Verdier. -- GOUDIN ou GUDIN, Moine de Luxeuil, Auteur d'un Eloge en Vers de Conſtance ſon Maître, & Religieux de la même Abbaye, mort dans le XIe. ſiecle. Mabillon a publié cet Eloge dans ſes *Analecta*, pag. 217, Edit. in-folio. -- GREBAN, (Simon) Moine de S. Riquier. Voyez la Note de ſes Ouvrages dans

---

mans ſont beaucoup plus répandus que ſon Hiſtoire des Voyages & ſon Journal intitulé *le Pour & contre.* Dom Taſſin a exclu de ſon Hiſtoire ces trois déſerteurs de l'Ordre de S. Benoît.

la Croix du Maine, Tom. II. pag. 408 de la derniere Edition, & ajoutez aux Auteurs qui y sont cités, Prosper Marchand, dont l'Article GRÉBAN, Tom. I. pag. 281 de son Dictionnaire, est fort curieux. -- JEAN *de Glassembourg*, (*Glastoniensis*) Bénédictin Anglois ; il est Auteur d'une Chronique finissanr en 1400, publiée à Londres en 1726, in-8vo., par Thomas Hearne. = LABBADIE, Frere Convers de la Congrégation de S. Maur. Celui-ci est Auteur en partie du Roman allégorique & satyrique, intitulé, *Aventures du Pomponius, Chevalier Romain*, imprimé en 1724 & en 1728 avec des augmentations, in-12. On a cru pendant quelque tems cet Ecrit de Themiseul de St. Hyacinthe; d'autres l'ont attribué à l'Abbé Prévôt; mais il est constant, de l'aveu de Dom Tassin, (pag. 464), que le Frere *Labbadie* y eut part. C'est probablement lui qui y a lancé contre Denys de Ste. Marthe les traits satyriques décochés contre l'*Ichtyophage noir*. [On peut voir sur ce Livre le *Ducatiana*, Part. I. pag. 106 & suiv. où l'on donne la clef des personnages qui y figurent.] Ces sept ou huit Ecrivains avoient assurément droit à une place dans la Bibliotheque de Dom Fr... où ils figureroient avec plus de raison que plusieurs autres qu'il étoit inutile d'y insérer, puisqu'ils n'ont point composé d'Ouvrages pour le Public; tels sont AIGREFEUILLE, (Guillaume d') Cardinal; AMALRIC, Archevêque de Narbonne; DURAND, Abbé de Castres; EADFRID, Evêque de Lindisfarn; EADWIN, Moine de Cantorbery; GOYSOT, *Nicolas*, & une multitude d'autres que je passe sous silence, pour dire un mot des Eloges outrés & emphatiques prodigués par Dom François.

IV. L'estime de la Profession où l'on se trouve engagé, est un sentiment très-louable ; mais s'il est exclusif ou extrême, il produit ordinairement des jugemens faux, des Eloges exagérés, de misérables préventions, & des portraits qui ne ressemblent point du tout à ceux que l'on se proposoit de peindre. C'est ce qui est arrivé à Dom François, sous la main de qui les *grands hommes* se multiplient à perte de vue dans son Ordre. Lisez son Article de *Kraus*, Abbé de S. Emmeram; vous y verrez d'abord que cette Abbaye a produit de *grands hommes dans tous les siecles*, puis vous apprendrez que Kraus publia en 1748 le Catalogue de sa Bibliotheque; mais reprend Dom Fr..., » *Un grand homme* ne se fixe „ pas à un objet; Dom Kraus ne se borna pas „ à ce Catalogue, il tira de son Monastere une „ Diplômatique *aussi précieuse* qu'inconnue à „ toute l'Allemagne, &c. On pouvoit se borner à dire que Kraus avoit fait un Catalogue, & publié les Chartes de son Abbaye, car c'est à quoi se réduit réellement ce pompeux amas d'épithetes qu'il falloit laisser dire au Bénédictin Légipont. --- Le Spicilege de d'*Achery* est un Livre utile, & qui suppose de l'érudition & de la critique dans celui qui l'a compilé; Dom Fr.... qualifie cette compilation d'*Ouvrage immortel*. -- FANGÉ, (Augustin) neveu & successeur de Dom Calmet à l'Abbaye de Sénones, a hérité des vertus de son Oncle, & a donné quelques Ecrits qui prouvent du mérite; Dom Fr... prétend que c'est le *Religieux le plus modeste*, *le plus réservé*, *le plus sage qu'il y ait dans la Congrégation de S. Vannes*, & il ne voit pas que, par cette exagération, il peut blesser ses propres Confreres. -- C'est sur-tout l'épithete de grand homme que Dom Fr... prodigue avec une complaisance excessive; le P. *Cuveron*, Célestin, fut *un grand homme à tous égards*; BOSTON, Moine Anglois du XVe. siecle, fut un *grand homme*; ERME, Abbé de Lobes, y forma *de grands hommes*, tels qu'Abel Volgise & Amulvin; GASPARD, Abbé d'Ottenbourg, fut un *grand personnage*; AINARD ou EINARD fut un *grand hom-*

me, aussi-bien qu'ALFERE *de Cave*, ANDRÉ *Fredez*, APOLLON *de Vilbel*, APRONIAN *Hueber*, *Gabriel* LIEBHEIT, & une quantité d'autres, dont la liste rebutante ne présenteroit que des noms obscurs ou ignorés hors du Cloître. N'est-il pas plaisant d'entendre dire à Dom Fr... que BRIDEL, Abbé Bernardin d'Hemmerode, » s'est acquis beaucoup d'estime par *la protection qu'il donnoit* aux Savans " ? Est-il possible de lire de sens froid cet Eloge emphatique de Dom Remi ? Selon Dom Fr... „ *Jamais homme ne reçut* „ peut-être de la nature des dispositions plus „ propres aux sciences, & *personne ne les fit plus* „ *valoir* que lui " & cependant Dom Remi, de l'aveu de son Panégyriste, *n'a laissé que des Sermons* & des Traités d'enseignement, qu'on eût mis au grand jour *dans des tems plus reculés.*

V. On a vu, sur l'Article DUPLESSIS, que Dom Fr. reprochoit injustement à Dom Tassin d'avoir oublié cet Ecrivain qui y a son Article : ce n'est pas la seule injustice que Dom Tassin ait éprouvée de la part de son Confrere ; celui-ci reproche à l'Historien des Lettrés de S. Maur d'avoir oublié *le Blanc*, [adversaire de le Courayer], Michel PIROU, Nicolas MACARTIE & d'autres qui n'étoient pas de la Congrégation de S. Maur, & dont par conséquent l'Historien de cette Congrégation n'a pas dû parler ; il lui reproche d'avoir oublié CAPET, personnage chimérique, & à qui il attribue l'Ouvrage de Dom CASTEL, indiqué par Tassin. Indépendamment de l'injustice, ces reproches sont d'autant plus singuliers de la part de Dom Fr..., que pour ce qui concerne les Ecrivains de S. Maur, il n'a, généralement parlant, que copié de mot à mot, le Livre de Tassin, ce qui lui a fait commettre de plaisantes bévues. 1°. Dom Tassin suit l'ordre chronologique ; en sorte qu'après l'Article QUESNET, il dit, (pag. 401). » Nous placerons *ici* un Religieux anonyme

» de *notre* Congrégation «. Cela eſt très-bien placé dans Dom Taſſin, & ridicule dans le Livre de Dom François qui a ſuivi l'ordre alphabétique, & qui n'eſt pas de la Congrégation de S. Maur. 2°. Dom Taſſin, Article *Martene*, s'exprime ainſi : » Jacques Fortet, *aujourd'hui* » Religieux du Bec.... Son Hiſtoire eſt entre » les mains de M. l'Abbé Valard *à l'Ecole Mi-* » *litaire* : « paroles que Dom Fr... copie ſans examen, tant à l'Article MARTENE qu'à celui de FORTET. 3°. Dom Taſſin, dont l'Ouvrage parut en 1770, parle de DURAND, *Urſin*, de COLOMB, *Jean*, de CLÉMENCET, *Charles*, & de quelques autres comme vivans lorſqu'il écrivoit; & Dom François copie ſon Prédeceſſeur, ſans ſe douter que, depuis huit ans, ils peuvent bien avoir paſſé dans l'autre monde, comme en effet cela eſt arrivé. Dom *Colomb* eſt mort à S. Vincent-du-Mans le 30 Janvier 1774; Dom *Durand* aux Blans-Manteaux à Paris le 31 Août 1771; & Dom *Clémencet* au même Monaſtere le 5 Avril dernier. Au reſte j'ignore pourquoi Dom Fr... qui aime tant à copier le Livre de Dom Taſſin, a abandonné ce dernier aux Articles GUARIN, GEOFFROY, JOURDAIN, ALEXANDRE & autres, où il commet diverſes mépriſes qu'il eût évitées en copiant toujours.

VI. Depuis la publication de mes 1eres. Remarques, où j'ai relevé pluſieurs dates fauſſes, ainſi que des noms propres d'Auteurs & des titres de Livres défigurés au point d'être méconnoiſſables, j'ai trouvé dans ces deux Volumes une multitude innombrable de fautes de cette eſpece; j'en ai même fait un relevé aſſez exact dans la vue de le donner ici; mais cet *Errata* ſeroit d'une longueur exceſſive; & deviendroit fatigant pour le Lecteur. Je me contente donc d'aſſurer qu'il n'y a preſque pas une page de cette Bibliotheque où l'on ne trouve, ſoit un nom défiguré, ſoit une date fauſſe, ſoit un titre de Livre estropié, & qu'il y a même telle page où j'ai compté dix & douze fautes de cette espece ; ensorte qu'il seroit difficile de citer un Livre imprimé aussi incorrectement que celui-ci. Mais sans m'arrêter à ces fautes, dont le très-grand nombre doit sans doute être attribué au Copiste ou à l'Editeur, ou à l'Imprimeur de Dom François, je finis par quelques Notes qui seront plus intéressantes.

VII. ALEXANDRE, Abbé d'*Aquicinet* ; il falloit dire d'*Anchin*, près Douay, Diocese d'Arras, dont le nom Latin est *Aquicinum*. Qu'est-ce encore que la Bibliotheque de *Guelferbyt*, citée à l'Art. BENNON, *Evêque ?* Lisez la Bibliotheque de *Wolfembutel* ; parce que quand on écrit en François, il faut indiquer les noms François, & ne pas dire St. *Udalric* au lieu de St. *Ulric*, ce qui arrive souvent à Dom François. — AMAT *du Mont Cassin*. Les PP. de S. Maur, Editeurs de S. Augustin, ont publié dans l'Appendice des Œuvres du S. Docteur, Tom. VI. un Traité *de 12 lapidibus de quibus Apocalypsis*, *cap. 21*, sous le nom de cet *Amat* ; mais en avouant que la conformité de ce morceau avec celui de Bede sur le même sujet, leur fait douter qu'Amat en soit le véritable Auteur. — AMATI, *Célestin*, il se nommoit *Joseph-Marie*. Son *Ethica* parut d'abord à Naples en 1721, in-12. — AMBROISE *le Camaldule*. Son Article est très-bien fait dans la Bibliotheque Latine du moyen âge de Fabricius, qu'il falloit consulter. — BERENGAUDUS, Moine Bénédictin. Le Commentaire sur l'Apocalypse dont on le dit Auteur, paroît à Warton & à d'autres Critiques, l'Ouvrage de l'Archidiacre d'Angers, *Bérenger* l'Héréssiarque, mort en 1088. — BERENGOSUS, il falloit dire que les Ecrits que l'on cite de lui sont imprimés dans le Tom. XII. de la Bibliotheque des Peres, Edition de Lyon. — BERESTA, Jean-Gaspard. L'Ecrit du Chanoine Régulier Joseph-Marie Bellini, dont il est question dans cet Article, a été réimprimé à Venise en 1729, pag. 208, part. 2de. du Recueil in-4to. donné par l'Augustin Fulgence Bellelli, sous ce titre : *Collectio Actorum atque allegatorum quibus Ossa sacra Ticini anno 1695 reperta, esse sacras S. Augustini exuvias probatum est & novissimè judicatum.* On peut voir l'Histoire de cette dispute dans le *Giornale de' Letterati d'Italia*, Tom. III. pag. 345 & suiv. Beresta mourut le 1er. Juin 1736, à l'âge de 75 ans : Arisius, Saxius & Argelati ont parlé de lui avec éloge ; au contraire Fontanini l'a fort déprimé dans son *Eloquenza Italiana*, pag. 184, 228 & 540, Edit. de Rome, 1736. -- CAVEREL vint au monde *en un lieu nommé St. Paul ;* lisez *St. Paul en Ternois, lieu* très-connu, & qui est le Siege des Comtes de ce nom, dont le Jacobin Thomas *Turpin* a donné une Histoire Latine, imprimée à Douay en 1731., in-8vo. où il parle (pag. 367) de Philippe de Caverel, dont il rapporte même l'Epitaphe. --- ERHARD, *Thomas d'Aquin.* Dom Fr. oublie d'indiquer un de ses meilleurs Ouvrages, je veux dire les Concordances Latines de la Bible, imprimées après sa mort à Augsbourg en 1751, 4 Volumes in-folio, par les soins de Vérémond *Eisvolg*, son Confrere, qui avoit travaillé avec lui & d'autres Religieux de la même Abbaye à ce bel Ouvrage. C'est ce même *Erhard* qui publia l'Imitation de J. C. sous le nom de *Jean Gersen de Canabaco ;* ce qui lui attira une réfutation de la part d'Eusebe *Amort*, Chanoine Régulier de Pollingen en Baviere. -- FELIBIEN, *Michel ;* Dom Fr. le dit *issu de la famille des Avaux*, ce qui signifie qu'il étoit fils d'André *Felibien Sr. des Avaux*, Secrétaire de l'Académie des Sciences, Auteur des *Principes de l'Architecture*, in-4to. & frere de Jean-Fr. Felibien, dont nous avons la Description de l'Eglise des Invalides,

1706, in-12. -- FERRAGE, Jacques. L'Abbesse du Val-de-Grace dont il a écrit la Vie, se nommoit *Marguerite*, & non pas *Anne* d'Arbouze, sœur de Jacques d'Arbouze, Abbé de Cluny, sous l'Article de qui elle est nommée par son vrai nom. -- GEOFFROI, *Abbé de Weingarten.* Ses Homélies ont été publiées à Augsbourg en 1725, in-fol. 2 Vol. par les soins de Dom Pez, & Dom Fr. conclut de-là que Geoffroi vivoit *dans le dernier siecle.* L'Anachronisme est un peu fort; ce Geoffroi étoit contemporain de S. Bernard, & mourut en 1165. --- GRANDIS, Gui; il se nommoit *GranDI*, en Latin *Grandus*, fut Abbé de S. Michel au Bourg de Pise, & mourut en 1742, après avoir donné un grand nombre d'Ouvrages en Latin & en Italien, dont ne parle pas Dom François. Ce *Grandi* portoit aux Arcades le nom de *Dubeno Erimanzio.* --- IMBONATI, *Charles-Joseph.* Dom Fr. dit qu'*il ne sait* si sa Chronologie sacrée doit être distinguée de son *Chronicon Tragicum* : ce sont deux Ouvrages très-différens; le *Chronicon Tragicum sive de Eventibus tragicis Principum, Tyrannorum*, &c. parut à Rome en 1696, in-4to. & l'autre deux ans auparavant; la différence des titres établit seule la différence des deux Ouvrages. Le Traité intitulé, *Adventus Messiæ*, &c. est imprimé à la suite de la *Bibliotheca Hebræo-Latina*, ce qu'il falloit dire. --- JOSEPH, *Disciple d'Alcuin.* C'est lui à qui Alcuin écrit sa Lettre 131e. (Tom. I. pag. 194 de la nouvelle Edition de ses Œuvres), & qu'il recommande après sa mort aux prieres de l'Evêque Remi, par sa Lettre 132e. (*Ibid.* pag. 195). Outre son Abrégé du Commentaire sur Isaïe, ce Joseph est Auteur de vers Latins en l'honneur de S. Ludger. Voy. *Fabricii, Biblioth. Lat. Med. Æt.* Tom. IV. pag. 178. L'Auteur du *Diadema Monachorum* ne se nommoit pas *St. Marage*, comme il plaît à Dom Fr. de l'appeller ; mais SMARAGDE, en un ſeul mot. --- JOURDAN, *Raymond.* Il eſt faux que l'*on ne ſpécifie pas ſes Ouvrages.* Noſtradamus cite ſon Traité intitulé, *Lou Fantaumary de las Donnas*; mais il paroît qu'on ne peut guere s'en rapporter au récit de cet Hiſtorien ſur notre Troubadour, dont il y a un Article curieux dans l'*Hiſtoire Littéraire des Troubadours*, par M. l'Abbé Millot, (1774, in-12. 3 Vol.) Tom. II. pag. 316. Si Dom Fr. avoit conſulté cet Ouvrage, il auroit évité bien des mépriſes. -- MORLAN, *Bernard.* Il étoit probablement François, quoique Dom Fr. aſſure qu'il *étoit né en Angleterre.* Voy. Fabricius, *ubi ſuprà*, Tom. I. pag. 232. -- Notker ou Nodger de St. Gal, Evêque de Liege. On ne peut pas décider avec certitude ſi c'eſt *Notger* plutôt qu'Heriger, Abbé de Lobbes, qui a composé les Vies des Evêques de Liege. Voyez les *Délices de Liege*, Tom. V. part. Iere. pag. 37 & 74. L'Article de Notger y eſt fort étendu. -- RUGGER *de Fulde.* » Il s'eſt occupé » à ramaſſer 6 gros Volumes de Vies de Saints ; » *les Bollandiſtes y ont trouvé de quoi* ENFLER » *leur immenſe Recueil.* « Il ſied bien à Dom François de parler ainſi des Bollandiſtes ! Les croiroit-il morts, comme les Céleſtins, & feroit-ce dans cette perſuaſion qu'il ſe permet d'uſer, à l'égard de ces vrais Savans, de termes auſſi peu meſurés ? Il ſe tromperoit ; les Bollandiſtes ont repris leurs travaux à la grande ſatisfaction de tous ceux qui aiment les Lettres ; mais le trait qu'eſſaye Dom Fr. de décocher contr'eux, ne les atteindra ſûrement pas.

En finiſſant ces Remarques, je ne dois pas oublier d'indiquer quelques corrections néceſſaires pour les Ieres. inſérées dans le Volume d'Octobre. Sur l'Art. *Antoine de Caulincourt*, j'avois cité, d'après le nouveau le Long, ſa Chronique de Corbie, comme existant à S. Germain-des-Prés. Les Bibliothécaires de cette Abbaye assurent que la Chronique en question n'a jamais été dans leur Bibliotheque, & qu'elle n'est pas même relatée dans le Catalogue des Mss. de Corbie qui ont passé chez eux en 1662. Du reste, *Antoine* de Caulincourt, Official de Corbie en 1522, paroît avoir fait une Histoire des Abbés de son Monastere; mais on ne sait ce qu'est devenu cet Ouvrage; dans ce même Article de mes Remarques, l'imprimeur a mis le siecle *suivant*, au lieu du siecle *précédent*. Sur l'Article *Hantevill*, il faut lire *ArchITHrenius*, & non pas *ArchITRenius*; sous l'Art. *Hebert*, au lieu de ces mots *Diocese de* MONTAUBAN, lisez *de Toul, près Blâmont*; sous l'Art. MALERMI, au lieu de *Senson*, lisez *Jenson*, &c.

J'apprends que les 3e. & 4e. Volumes de Dom Fr. paroissent depuis quelques mois; je ne les ai pas vus, & probablement je ne les verrai pas, dans la crainte d'être tenté de les lire la plume à la main; ce qui me détourneroit d'un autre travail beaucoup plus agréable & plus intéressant pour moi.

Paris, 22 Novembre 1778.

L'Abbé de St. L***.

On a vu ci-dessus, que plusieurs Articles sont doublés & triplés, dans la Bibliotheque de Dom François; j'ajoute ici qu'il y en a de *quadruplés*, tels que celui de *Hetton*, Evêque de Bâle, qui est *quatre* fois dans le même volume; savoir pag. 21, §. AHYTO; pag. 461, §. HATTON (le 1er. des trois); pag. 464, §. HEITON; & pag. 483, §. HETTON. Je dois pourtant la justice à Dom François, que ce dernier Article vaut mieux que les trois autres ensemble; & cependant il s'y trouve encore une ou deux méprises.

www.ingramcontent.com/pod-product-compliance
Ingram Content Group UK Ltd.
Pitfield, Milton Keynes, MK11 3LW, UK
UKHW020200200726
13856UKWH00003B/1110